दायरा

हिंदी उपन्यास

धर्मेंद्र मिश्रा

दायरा

Fiction

हिंदी उपन्यास

~धर्मेंद्र मिश्रा

क्रम-सूची

प्रस्तावना vii

पावती (स्वीकृति) ix

1. अध्याय 1 1

प्रस्तावना

प्रस्तावना

परमपिता परमेश्वर की कृपा,आशीर्वाद स्वरुप जो भाव ह्रदय में विद्यमान थे प्रेरणा स्वरुप उन भाव को इस उपन्यास कथा,कथानक और पात्रो के माध्यम से दर्शाने की चेष्टा है।

ये उपन्यास कुछ ऐसे युवाओ के संघर्ष और आकंछाओ पर आधारित है जो समाज और सामाजिक कुरीतिओं से परे सामजिक समरसता का ख्वाब देखते है।

हमारा जीवन ये समाज एक दायरे में बंधा है ,अमीरी -गरीबी,जाती,वर्ग,समुदाय मजहब जैसे कई ऐसे दायरे है जो तय मानक पर आधारित है।

किंतु कहानी में नायक के मन में उठने वाले भाव तरंगे ,प्रेम की लहरे इस समाज रूपी दायरे बंधन से परे है जहाँ बोध है मनुष्यता का,नैतिकता का ,समान हक़ ,न्याय का, जिसके लिए वे समाज से संघर्ष करते है।

क्या उनके सपने पुरे हुए ? क्या वो इस दायरे को तोड़कर आगे बढ़ पाए ?क्या उनकी मंजिल मिलपाई ? इन सब सवालों के जबाब आपको इस उपन्यास को पढ़ने के बाद ही मिल पायेगा।

निः सन्देह आप को ये कहानी अंदर से विचारो की एक नई पराकाष्ठा पे लेजाने वाली है ,जहाँ प्यार है ,तकरार है ,रहस्य ,अपराध है ,नाटक है ,हास्य है ,आंख को अंशू से भर देने वाली चिर करुण वेदना है।

तो चलिए हम और आप अपने अपने तय मानक पर आधारित वैचारिक संकीर्णता से बांध,बंधन, दायरा को तोड़ सभ्य और उन्नत समाज की ओर बढ़ते है।

आप सीधा मुझसे मेरी ऑफिसियल वेबसाइट के माध्यम से जुड़ सकते है ,जहाँ आपको और भी बहुत कुछ ढेर सारा विजडम ज्ञान से

सम्बंधित पढ़ने को मिलेगा : www.dharmendramishra.com

पावती (स्वीकृति)

1

1.

रमेश और मुकुल,इंदौर में एक ही कालेज से इंजीनियरिंग की पढ़ाई करते थे, दोनों में गहरी दोस्ती थी, एक साथ ही हॉस्टल के रूम पे रहते, इंजीनियरिंग के आखिरी सेमेस्टर के एक दिन पहले रात में रमेश,मुकुल से- बस बहुत हो गया भाई, लाइट बंद कर दे, तोंते की तरह रटने से कुछ नहीं होगा ,सुबह होते ही सब सफाचट हो जायेगा।

मुकुल- एक्जाम के एक दिन पहले ही तो किताब खोलता हूं वो भी न करूं तो कल एक्जाम हॉल में बैठकर घंटा बजाउंगा?

रमेश- डरता क्यूं है, होगा जो होगा मेरा भी तो एक्जाम है, मुझे देखों कैसे टेन्सन फ्री हूं।

मुकुल- भाई तेरी तरह सब ग्यानी ना हो तो,,, हमारे तो पेंदे में ही छेंद है साला कुछ पल्ले ही नहीं पढता।

रमेश- तेरे कहने का मतलब तू नालायक है,मेरी बात मान तुझे इक ज्ञान की बात बताता हूँ।

मुकुल- भाई तू अपना ज्ञान अपने पास ही रख, मुझे तो आज रात भर पढ़ना है ,कल का पेपर हो जाए समझो गंगा नहा लिये।

रमेश हसते हुए- अपनी डिग्री को भी नहला देना उसके भी पाप धुल जायेगे।

मुकुल ,उसकी बातो से उकताते हुए - भाई तू अपनी फिलोसोफी अपने पास रख मुझे पढ़ने दे अभी तो आधा भी नहीं पढ़ पाया, लिखूंगा

क्या कुछ समझ में नहीं आ रहा।

रमेश ,मुकुल को चिढ़ाते हुए - तूने फिलोसोफी की बाते कर दी तो सुन, जिन्दगी न तो परीक्षा है और न ही क्वेश्चन पेपर, जिन्दगी तो एक कोरे कागज की तरह है, जिसमें हम अपने कर्म रूपी कलम से अपनी जिन्दगी की किताब लिखते है ,लेकिन तूने अपनी जिन्दगी की किताब के पन्नों में डर वहम लिख दिया है, और वहीं डर तेरा वजूद बन गया है, सोच क्या होगा अगर तू फेल हो जायेगा?

मुकुल,झल्लाते हुए - घरवालों की लात पड़ेगी और क्या?पिताजी ताने दे दे कर मार डालेंगे, बर्बाद कर दिया सब पैसा नष्ट कर दिया ,मुँह दिखाने के लायक ना छोड़ा अभी तो फ़ोन से गोली दागते है फिर तो मेरे ऊपर एटम बॉम्ब ही गिरा देंगे।

रमेश,हँसते हुए - सर्वाइवल इज द फिटेस्ट, फिर तेरे अंदर एक नए साहस और आत्मविश्वास का जन्म होगा ।

मुकुल गंभीर स्वर में- हे महाग्यानी! उसके बाद भी डर दूर न हुआ तो क्या फिर से पढ़ना पडेगा?

रमेश ,मुकुल के मज़े लेते हुए - नहीं फिर फिर चुल्लू भर पानी लेना और नाक में डाल लेना शायद कुछ शर्म आ जाये।

मुकुल,किताब की ओर देखते हुए जैसे उसके कुछ पल्ले ही न पड़ रहा हो - अभी चुल्लू भर पानी नाक में डाल कर देखता हूं शायद शर्म आ जाये और मै पास हो जाऊं।

रमेश,अपना हाँथ हवा में लहराते हुए - भगवान मूर्ख बना दे किसी को मगर मूढ़ न बनाए, बीच में रहने वाला इंसान कुछ न कर सके तुम्हारी तरह, फालतू की बाते ही करेगा।

मुकुल, रमेश को चिढ़ाते हुए - तू ये मत भूल सबसे सुन्दर कमसिन हसीना सीमा मेरी गर्लफ्रेन्ड है, खूबसूरत लड़कियों को तो हैंडसम लडके ही पसंद आते हैं।

रमेश - आजकल की लडकियां कुत्तों की तरह दुम हिलाने वाले लडकों को पसंद नहीं करती, वो तुम पे तरस खाती है अभी उसकी चाकरी करना बंद करदो, दूसरे दिन से घास भी नहीं डालेगी।

मुकुल सांसे भरते हुए - कोई हमें पल दो पल के लिए प्यार करले झूठा ही सही और हमें कौन सा उसके साथ जिंदगी गुजारना है...

तुम्हारे शब्दों में कहे तो कोरे कागज में कुछ प्यार मोहब्बत के रंग भर दे, जिंदगी वैसे ही कट जानी है क्यूं न ऐसे ही सही।

रमेश - भरो जो भरना है कल एक्जाम के बाद मैं तो शाम की ट्रेन पकड़कर सीधा अपने घर... एक साल हो गए ,घर वालों से तो रोज ही फोन पर बातें हो जाती है लेकिन बचपन के साथ पढ़ने खेलने वाले...वो गांव की हरियाली ,,,अब तो लगता है हवा में उड़कर झट से पहुंच जाऊं।

मुकुल- इतनी भी जल्दी क्या? घर तो हम भी जाएंगे पर तुमसे पार्टी लेकर ही जाएंगे?

रमेश - बातें थी बातों का क्या, कुछ बातें ऐसे ही कह देता हूं।

मुकुल-याद करो वो वादे जो तुमने किये थे। इस इतवार तुम पिला दो अगला इतवार हमारे नाम कर दो ...भाई साब महीने गुजर गये आप का वो इतवार आया ही नहीं।

रमेश - जो याद रखना चाहिए वो तो याद रहता नहीं,दारू पिला दो।

मुकुल - प्रामिस तो प्रामिस है अब तुम मुकरना मत।

रमेश - ठीक है भाई पिलाउंगा ही नहीं नहलाउंगा भी शराब से लेकिन यहां नहीं घर पर।

मुकुल - देख भाई तू ज्यादा दिमाग न चलाया कर, पिलाना है या नहीं हां या ना में जवाब दे।

रमेश - अबे चुतिये सुन तो ले, बहन की शादी है, जी भर के पिलाउंगा देशी, ठर्रा, अंग्रेजी जो बोलेगा।

मुकुल - ऐसा क्या, तेरी बहन की शादी है और तू अब बता रहा है, खैर छोड, तेरी बहन की शादी में धमाल करेंगे।

रमेश - बेटा बहन की शादी है मेरी नहीं, दो-तीन दिन पहले आजइयो, सुबह रोज दो पैग पीके काम पर लग जाना।

मुकुल हंसने लगता है उसे हंसते देख कर रमेश भी हंसने लगता है।

मुकुल - कल की कल देखेंगे, जरूरी चीज तो याद ही कर ली , इतनी गहराई से कौन कॉपी चेक करता है, अंदर लिख देंगे कुछ भी ...लाइट ऑफ देता है ।दोनों एक ही बिस्तर पे अपना -अपना कोना पकड़ कर लेट

जाते है।

रमेश - हंसते हुए सीमा और अपनी प्रेम कहानी ही लिख देना।

कुछ देर बाद रमेश मुकुल को हिलाते हुए सो गया क्या, साले भैंस की तरह जुगाली भरता है चल मुंह उधर कर बास आ रही है।

मुकुल औंधे मुंह लेटे-लेटे जंभाई लेते हुए - अभी कोई लडकी होती तो कुत्ते की तरह सूंघता, आह क्या खुशबू है।

रमेश - ये काम तू ही अच्छे से कर सकता है।

मुकुल -आशा राम है ज्ञान भी दे, भोग भी करे ।

रमेश - सच-सच बताना तू 20 पन्ने लिखता क्या है?

मुकुल - लिखना क्या है पहले लिया गया ज्ञान अब काम आ रहा है, 12वीं में जो वंडर ऑफ साइंस, काऊ का लेख रट्टा मारा था ,वो आज भी याद है, बस उसी को घुमा फिरा के लपेट देता हूँ ।

रमेश हंसते हुए - आज तू इस राज से पर्दा हटा ही दे।

मुकुल -साइंस इस था साइंस ...वी लाइव इन था होल साइंस ... ट्रंसफार्मा नीड ऐसी करंट ...मोटर नीड डीसी करंट, ऐसी करंट डीसी करंट बोथ अर इंटरचेंजिंग करंट।

रमेश ठहाका लगाते हुए- बस बस आगे नहीं,चेक करने वाला BC और तू CC फूल साइंस।

2.

अगले दिन एक्जाम के बाद रमेश साम की ट्रेन से घर निकल गया। चेहरे पे खुशी की लालिमा, मन में एक अजब सा उत्साह रमेश के चेहरे से साफ झलक रही थी।

हो भी क्यूं ना आखिर एक साल बाद घर जा रहा था। ट्रेन की खिडकी के नजदीक बैठ कर ठंडी-ठंडी हवाओ को महसूस करते हुए घर की यादों में कहीं खो गया।

अपने बचपन के लगोटियां यार शिवपूजन और आरिफ के साथ कैसे स्कूल के दिनो में मस्ती किया करता था ।

रमेश बचपन मे ही बडी सैतानियां किया करता था। हमेशा कुछ ना कुछ उटपटांग हरकतें करता, कहीं किसी की किताब तो कभी किसी की पेन पेन्सिल छिपा देता।

बचपन से ही बडा बातूनी था, मार-पीट में भी कम ना था, बात-बात पे लडने पे उतारू हो जाता, जो लडके बैर रखते मारने आते शिवपूजन और आरिफ ढाल बन के खडे हो जाते, मजाल क्या किसी की जो रमेश को हांथ भी लगा दे।

उपर से गांव के जमीदार ठाकुर साहब का लडका एक अलग ही रौब रुआब रुतबा , स्कूल भर में धाक थी।

जो रमेश से खार खाते लेकिन कभी कुछ कर ना पाते, शिवपूजन और आरिफ तो जान छिडकते थे रमेश पे।

रमेश भी दोस्ती यारी में कम ना था वो भी उतना ही स्नेह रखता कभी भी उंच-नीच का भाव मन में ना पनपने देता। एक जाति से चमार तो दूसरा मुसलमान लेकिन अपने ही जैसा समझता लोग भले ही कुछ भी कहें।

रमेश के चेहरे के भाव धीरे-धीरे बढने लगे, माथे में सिकन पडने लगी, सालो से दोनो की कोई खोज-खबर नहीं, आरिफ के अब्बू की आर्थिक स्थिति अच्छी न होने से कई साल पहले अपने मामा के गांव में उन्ही के पास रहने चला गया था।

अब पता नहीं कहां होगा, करता भी तो क्या, उपर वाला सब को अमीर गरीब बनाये मगर किसी को सौतेली मां न दे।

आरिफ तीन साल का रहा होगा तभी उसकी अम्मी गुजर गई। गरीबी और मुफलिसी के चलते साल भर नीम हकीम ओझा की जडी-बूटी, झाड फूंक करवाते रहे फिर भी राहत ना मिली चारपाई मे पडे-पडे ही आरिफ की अम्मी ने दम तोड दिया।

आरिफ के अब्बू ने दुधमूहे बच्चे की देखभाल के लिए दूसरी बार निकाह पढा, लेकिन वो सैतान की खाला उसे आरिफ फूटी आंख ना भाता ।

चैन से दो रोटी भी ना खाने देती दिन भर सर पे सवार रहती, जानवरो जैसे सलूक करती, आरिफ के अब्बू साधारण स्वभाव के थे,मन मसोस के रह जाते,कौन इस छूत के मुंह लगे।

कपडे सिलने का काम करते थे उससे भी कुछ खास आमदनी ना हो पाती, समय बदलने के साथ लोगो का पहनावा भी बदलने लगा, नये ढंग के कपडे सिलवाने लगे, इक्का दुक्का लोग महीने में सिलवा लेते तो सिलवा लेते, जमीन जायदाद के नाम पर बाबा आदम के जमाने का बना एक टूटा मकान और घर के सामने ही एक छोटा सा खेत का टुकडा बचा था।

बडी मुश्किल से गुजर-बसर हो रहा था, उपर से दूसरी बीबी रूखशाना को भी चार बच्चे हो गये।

एक आदमी और इतने सारे लोगो का भार ना जीते बन रहा थ ना मरते, अंदर ही अंदर कुढते रहते।

आरिफ के मामा मंसूर अली नेक दिल इंसान थे आरिफ को अपने साथ ले गये, शहर में मकैनिक का काम करते थे सोचा आरिफ को भी अपना हुनर सिखा कर खुद के पैर में खडे होने लायक बना देंगे।

रमेश अपना बीता हुआ कल सोचते सोचते नीद की आगोश मे कब गया पता भी न चला, सुबह नीद स्टेशन पर आकर ही खुली।

रेवांचल का आखिरी स्टेशन भी रीवा था और रमेश की मंजिल भी, ट्रेन यात्रियों से खचा-खच भरी थी। उतरने की जल्दी में लोगों में एक दूसरे को धक्का-मुक्की करने लगे इस उहा-पोह चिलल्म-चिल्ला में रमेश की निद्रा अचानक टूटी हडबडाते हुए,बगल वाले से -अरे भाई पहुच गये क्या बताया क्यूं नहीं, बगल में खडे व्यक्ति से, वो आदमी अपना मुंह बनाते हुए -कोई दिक्कत नहीं सोते रहो अपना ही स्टेशन है, इससे आगे तो जायेगी नहीं।

रमेश - अच्छा किया आपने बता दिया नहीं मुझे तो पता ही नहीं था। अपना बैग लेकर निचे उतरने लगा।

3.

इस भीड भाड से निकल कर रमेश एक आटो रिक्शा में बैठ गया रास्ते में रमेश ने सोचा क्यूं ना आरिफ के अब्बू की दुकान होते हुए चले जो सहर से पहले ही एक छोटा सा कस्बा बसा था जिसमें तकरीबन बीसियों दुकान सब्जी-भाजी से लेकर कपडो तक की दुकाने वही पर एक टूटी-फूटी आरिफ के अब्बू की सिलाई की दुकान थी।

रमेश रिक्शा से उन्ही के दुकान के सामने उतर गया, आरिफ के अब्बू के देह में इक मटमैला कुर्ता सर में टोपी लगाये अपनी आंखे गडाये सिलाई में लगे हुए थे।

रमेश - आदाब चाचा कैसे हो , बडे कमजोर दिख रहे हो?

आरिफ के अब्बू अपना सर ऊपर करते हुए रमेश को देख कर उनके मुरझाये हुए चेहरे पे खुशी की लालिमा आ गई, आत्म विभोर होकर - अरे रमेश, बेटा कब आये तुम तो गूलर के फूल हो गये... साल भर गुजर गए ,तुम्हे देखे आंखे तरस गई, तुम्हारे वालिद जब मिलते हैं तब-तब उनसे तुम्हरी खैरियत लेता रहता हूं, और सब राजी-ख़ुशी है ना ?

रमेश, बेग साहब के दोनों कंधो पे हाथ रखते हुए - हां चाचा आप लोगो की दुआ से सब बढ़िया है।

खैर वो सब छोड़िये आपकी तबियत कुछ ठीक नहीं दिख रही, क्या बात है ?

बेग साहब- लंबी सांस भरते हुए हां अब इस तबियत का क्या, अब अल्ला के घर में ही दुरूस्त होगी, अब तो बस उसी की रहमत का इंतजार है कब अपने पास बुला ले।

रमेश - चाचा ऐसी बात मत करो ,अभी तो आप जवान हो 50-55 की उमर भी भला कोई उमर होती है, इस उमर में तो शहर के लोग फुटबल खेलने जाते हैं।

बेग साहब - बेटा वो सब अमीरों के चोचले हैं, यहां तो इस बेजार जिन्दगी ने हमें ही फुटबाल बना दिया ,बची कुची कसर तुम्हारी चाचीजान निकाल देती है।

रमेश - चाचा आप फिकर ना करों उपरवाले ने चाहा तो दिन जरूर फिरेंगे, अब अपना आरिफ भी कमाने लायक हो गया है, वो है कहां?

बेग साहब - उसी का तो आसरा है, बताना ही भूल गया, वो पास वाली जो नाई की दुकान है ना जो ...उसी में अपना आरिफ गाडी सुधारने का काम करता है।

रमेश - चाचा क्या बात कर रहे हो इससे, बडी खुशी की बात भला क्या हो सकती है।

4.

रमेश बेग साहब से विदा लेकर आरिफ की दुकान जा पहुंचा, रमेश को देखते ही आरिफ की बाहें खिल जाती हैं।

रमेश भी अपनी बाहे,फैलाते हुए आरिफ की ओर लपका - और मियां आरिफ बेग क्या हाल है, गाडी की गर्दन काहे मरोड़े दे रहे हो?

आरिफ खुशी से उछलते हुए - तुझे देख कर रोउं ,हसूं या सजदा करूं, हर रोज खुदा से दुआ करूं, जहां भी रहे तू सलामत रहे।

रमेश - आ गले लग जा दुआ करने के लिए तो उमर पड़ी है,

वैसे ये शेरो शायरी का गाड़ी बनाने से क्या कनेक्शन है।

आरिफ - कुछ तो मुफलिसी कुछ तो मोहब्बत का है ये असर, वरना कौन कम्बख्त अपना दिल जला के कहता है गजल।

रमेश - इर्साद-इर्साद गजब का शेर कहा लेकिन कौन है वो जिसने हमारे यार के दिल का साइलेंसर जलाया है, कौन है वो खुसनसीब।

आरिफ - कुछ मत पूंछो मेरे भाई, वो अपने मैलवी हैं ना ,उन्ही की बड़ी वाली बेटी आसिमा ,उसी पे तेरा भाई जांनिसार होगया, दिल आ गया...बस उसी की मोहब्बत में दिल गिरफ्तार हो गया।

रमेश चिढ़ाते हुए - वो बडे नाक वाली मोटी।

आरिफ - थी कभी मोटी, अब तो रोज-ए-आफरोज है आसिमा, स्कूटी से जब वो कॉलेज जाती है तो ऐसा लगता है हेलीकाप्टर उडा रही हो,

"निराश मन से" मेरी तो सांसे ही रूक जाती है।

रमेश - इक तरफा है या दो तरफा।

अरिफ - अभी तो इक तरफा है, कभी दिल की बात जुंबा तक न आने दी ,सोचा काम-धंधा अच्छा चलने लगे फिर कहूं, कहीं खांम-खां बेजार मोहब्बत बदनाम न हो जाये।

रमेश - कोई बात नहीं, तुम्हारी काबिलियत पे हमे पूरा भरोसा है गालिब, हमारे शेर के शेर से घायल हिरनी की तरह कदमो मे आ गिरेगी।

आरिफ - खुदा करे ऐसा ही हो, नही तो तुम्हारा भाई उस के प्यार में फना हो जायेगा, जमाना फिर हमारी मोहब्बत के फसाने कहेगा।

रमेश - कैसी बात करता है, तुम्हारे लिए तो हम उसे खुदा के घर से भी भगा लायेंगे।

इतना कह दोनो हंसने लगे...

आरिफ- बरसों बाद मिले और मै क्या ले के बैठ गया, रात भर का सफर कर के आये हो, घर जाओ आराम करो अभी तो ढेर सारी बातें करनी है, वैसे महीने भर रूकोगे ना।

रमेश - कह नहीं सकता लेकिन भारती की शादी तक तो रूकूंगा ही, इधर-उधर भाग दौड दुनिया भर के काम मुझे ही सब करना है।

आरिफ - ये नाचीज किस दिन काम आयेगा, भारती मेरी भी तो बहन है।

रमेश - यहाँ काम कौन करेगा।

आरिफ - काम का क्या है होता रहेगा, बहन की शादी एक बार ही होनी है, धूम-धाम से करेंगे कोई कसर ना छोडेगे।

रमेश - सो तो है, लेकिन अपना शिवपूजन कहां है।

आरिफ के माथे पे सिकन आ गई, बुझी आवाज में घर जाओ सब मालूम पड जायेगा।

रमेश - चिंतित स्वर में - क्यूं क्या हुआ सब ठीक तो है ना ?

आरिफ - हां ठीक है, तुम घर जाओं आराम करो, फिर मिलते है ।

5.

रमेश का घर क्या कोठी थी ,पुस्तैनी सैकड़ो एकड़ जमीन पिता जी विशंभर नाथ सहर के बड़े ठेकेदारों में नाम सुमारी थी ।

रमेश की माताजी निर्मला देवी रमेश के आने की राह देख रही थी, रमेश के पिता जी विशंभर नाथ से - ट्रेन तो सुबह ही आ गई थी इतनी देर हो गई अभी तक आया क्यूं नहीं?

विशंभर नाथ" क्या मालूम ,आरहा होगा ,रस्ते में होगा ?

इतने में रमेश पहुंच ही गया, माता ,पिता दोनो के चरण स्पर्श किये।

विशंभर नाथ - सफर में कोई तकलीफ तो नहीं हुई, कब से फोन लगा रहा हूं, लग ही नहीं रहा।

रमेश - फोन स्विच ऑफ हो गया था पापा, चारों तरफ नजर दौडाते हुए हफ्ते बाद शादी है यहां तो सब माहौल ठंडा है।

विशंभर नाथ - तू आ गया है, अब सब तुम्हे ही करना है ,मैं अकेला कहां कहां भागूं।

रमेश की माता जी - बांकी बातें बाद में करना, कल का थका-मांदा रात भर का सफर।

रमेश - हां वो तो ठीक है, मेरी प्यारी बहनिय कहां है, जो बनने जा रही है दुल्हनिया।

माता जी - पता नहीं मुंह में सुबह से काला-काला गोबर जैसे क्या लगा कर बैठी है।

6.

रमेश - भारती के रूम का दरवाजा खट-खटाते हुए- बहना ओ मेरी प्यारी बहना तेरा भाई देख तेरे लिए क्या लाया है।

भारती खिलखिलाते हुए बाहर की तरफ दौडी, रमेश आ गया, अब तक कहां था। और कितना दुबला हो गया है खाना-वाना नहीं खाता क्या?

और मेरे लिए क्या लाया है दिखा।

रमेश - हे भगवान एक साथ कितने सवाल करेगी, पहले ये बता मुंह में ये गोबर क्यूं लगा रखा है।

भारती नाक सिकोडते हुए - इसे फेस क्रीम कहते हैं, जो चेहरे में सुदरता, निखार लाती है और कुंदन सा चेहरे को दमकाती है।

रमेश हसते हुए - तुमने तो पूरा विज्ञापन पढ दिया, बडी चमत्कारी क्रीम लगती है ऐसा है तो अपनी भैंस को भी लगायेंगे, फिर हमारी भैंस को भी लोग गोरी मैम बुलायेंगे।

भारती चिढते हुए - तू बाते ना बना पहले ये बता मेरे लिए क्या लाया है।

रमेश - कुछ नहीं। अब तुम्हारे लिए जो भी लायेंगे हमारे होने वाले जीजा जी लायेंगे।

भारती शरमाते हुए - रमेश तू अपनी हरकतो से बाज आजा वरना पिटाई करूगी, जोर से आवाज लगाते हुए..... मम्मी समझालो अपने लाडले को।

रमेश - मेरी प्यारी बहनिया बनेगी दुल्हनिया ...हा...हा

नाराज ना होना बडा ही खूबसूरत सा तोहफा लाया हूं, लेकिन अभी नहीं वो शादी वाले दिन ही खोलूंगा।

भारती - तू तो ऐसे कह रहा है जैसे मेरे हांथ ही नहीं, मैं तेरा बैग खोल कर ना देख लूंगी।

रमेश,हंसते हुए - खबरदार जो तुमने मेरा बैग खोला, सरप्राइस है, सरप्राइज रहने देना।

भारती -सरप्राइज जो सस्ता हुआ तो फिर समझ लेना।

रमेश हंसते हुए - रिश्तो की कीमत प्यार से होती है पैसे से नहीं, अब मैं चला फ्रेस होने, और हां कितना भी गोबर लगा ले ,ऐश्वर्या राय नहीं बनेगी।

7-

शाम का समय था रमेश गांव की तरफ निकल गया सोचा थोडा गांव घूम आया जाय साल भर हो गये सब की कुशल छेम ले लूं।

गांव के ही कुछ फुरसत वाले लोग चिलम भरते हुए बैठै थे, मुन्ना रमेश के साथ ही बचपन में पढता था लेकिन दोनो की कभी पटरी नहीं खाती थी, रमेश आगे बढ गया और वो यहीं गांव में ही मार-पीट नशेडियों का सरदार बनके घूमता.... रमेश को देखते ही दूर से आवाज लगाई और भाई इंजीनियर साहब कब आये?

रमेश - बस अभी-अभी।

मुन्ना- और इंजीनियर बन गये?

रमेश ने सोचा कौन इसके मुंह लगे, चुप-चाप निकल लिया जाये।

मुन्ना - फेल होगये क्या मुह काहे छुपा रहे हो। पिता जी तो बडी-बडी डींगे मारते हैं।

रमेश - तू भी मार... तेरा बड़प्पन दिख तो रहा है।

मुन्ना- जा तेरे जैसे बडे इंजीनियर देखे हैं,आज कल तो हर कोई यही पढाई करता है। तूने कौन सा तीर मार लिया।

रमेश,गरम होते हुए - तो तेरे बाप का क्या जा रहा है?

मुन्ना,तमतमाते हुए खडा हो जाता है- बाप पे आयेगा तो तेरी इंजीनियरिंग पिछवाडे मे डाल दूंगा।

रमेश ने आव देखा ना ताव आगे बढ कर मुन्ना के गाल मे खींच कर एक थप्पड जड देता है। मुन्ना का कान सुन्न पड जाता है अपने कान झटकने लगता है।

रमेश - और ...एक मे ही हो जायेगा काम?

मुन्ना के साथ जो गांव के ही दो चार लफंगे बैठे थे निकल लिए ,उन्हें रमेश की आदत पता थी ,इससे बैर मोल लिया तो फिर ये छोड़ता नहीं है।

मुन्ना ने सोचा अगर कुछ बोला तो क्या पता और भी मारे रमेश की आदत से वो भी वाकिफ था।

जाते हुए - तुझे दौडा-दौडा के मारूंगा तू ठहर।

रमेश - भाग तो साले तू रहा है .... दोबारा मुह लगा तो चल कर भी नहीं जायेगा।

8.

रमेश दिन ढलते ही लौटने में क्या देखता है एक मजदूर फटे - पुराने कपडो में सर पर गेंहू का बोझा लिए खड़ा था और उसकी मां निर्मला देवी उस पर चिल्ला रही थी।

रमेश, अपनी माँ निर्मला देवी से - क्या हुआ इस बेचारे पर इतना क्यूं चिल्ला रही हो।

रमेश की माँ निर्मला देवी - सुबह से गया था, शाम को लौट रह है, कौड़ी काम का नहीं, काम से जी चुराना तो इन मजदूरों की आदत बन गई है। इनको कोई काम भी ना करना पड़े और मजदूरी पूरी चाहिए।

रमेश, उस मजदूर की तरफ देखते ही - चेहरा कुछ जाना पहचाना सा लगता है, कहीं ये अपना शिवपूजन तो नहीं...शिवपूजन तुम हो क्या?

शिवपूजन झुका हुआ कंधा, मुरझाया हुआ चेहरा, तन पे फटा हुआ चिथडा लपेटे, बुझी हुए आवाज में - हां रमेश मै ही हूं, कब आये।

रमेश - वो सब छोड़ो तुम यहां क्या कर रहे हो, ये सब क्या है।

शिवपूजन आंखो में आंसू भरते हुए- अब क्या बताऊं, जिन्दगी है, दादा के साथ घटना घट गई मुसीबतों का पहाड सर पे टूट पड़ा किसी और के यहां मजदूरी करने से भला अपने ही घर पर करता।

रमेश, शिवपूजन की तरफ जैसे ही गले मिलने को बढा, रमेश की माँ निर्मला देवी टोकते हुए- ये क्या कर रहा है इस छूत से बात करने से पेट ना भरा तो अब गले मिलेगा।

रमेश, माँ के उपर अपनी त्योरियां चढाते हुए -छूत उसमें नही आपके दिमाग में है, जो इंसान को इंसान ना समझे, ये वही शिवपूजन है जिसके साथ बचपन में साथ खेला, साथ खाना भी खाया।

रमेश की माँ निर्मला देवी - तो क्या अब इसको घर में रख ले, आरती उतारे, ये हमसे ना होगा।

रमेश - आपसे कह कौन रहा, आरती उतारो, जाइये अंदर अपना काम करिये, जिसकी आंख में परदा पडा हो उसे कोई नहीं समझा सकता ।

रमेश की मां निर्मला देवी अपना मुंह बनाते हुए अंदर चली गई।

बरसों बाद दो दोस्त मिले थे, रमेश ने शिवपूजन को बडे ही आत्मीयता से गले लगा लिया।

गले लगते ही शिवपूजन की आंखे सजल हो गई।

शिवपूजन - रमेश तुम्हारी बडी याद आई, जिंदगी स्वाहा हो गई, सारे अरमान खाक में मिल गये कोई अपना नहीं था जिसे अपना दुख कह सकूं, ये कहते हुए शिवपूजन फूट-फूट कर रोने लगा।

रमेश,शिवपूजन की पीठ थपथपाते हुए- हिम्मत रख जो दुख देता है,वही दुख दूर भी करता है, उपरवाले ने चाहा तो सब अच्छा ही होगा, जिन्दगी इतनी भी दुश्वार नहीं जितनी हम समझते हैं, कोई ना कोई रास्ता सुझेगा, अब साफ-साथ बता क्या हुआ।

शिवपूजन आँख पोछते हुए- दादा को गुजरे महीने भर हो गए, हम दोनो भाई बहन की परवरिस में कोई कमी ना रखे, खुद को भाड में झोक दिय, दिन भर कोल्हू के बैल की तरह काम करता, खाने पीने का कोई ठिकाना नहीं, दमें का शिकार हो गया, दवाई-दारू ठीक से ना हो सकी ...इतना कहते ही भावनाओं का उद्वेग अपने चरम पर पहुंच गया, चाह कर भी खुद को ना रोक पाया।

रमेश - बह जाने दो मत रोक।

शिवपूजन-अब मेरे शिवा है कौन जो सब की रोटी-पानी का इन्तजाम करें। अम्मा की तबियत ठीक नहीं रहती, घुटनो में बात की शिकायत रहती है, चल-फिर भी नहीं सकती है, फूलन भी बडी होगई है उसकी भी शादी का भार है।

रमेश -तुम चिन्ता मत करो, तू पढने-लिखने में होशियार है, पापा से बात कर कहीं अच्छी जगह नौकरी के लिए बात करूंगा।

शिवपूजन- तुम्हारे पापा के अहसान हम पर पहले भी थे अब भी हैं, उनका सहारा ना मिला होता तो मै भी खाक में मिल जाता।

रमेश -पीठ थपथपाते हुए-तुम अब रो मत, अब सब अच्छा ही होगा।

शिवपूजन, आंसू पोछते हुए क्या अच्छा होगा, हमारी किस्मत में सुख लिखा ही होता तो कही अच्छे कुल में ना पैदा होते, दादा अक्सर कहा करता था गरीबी एक अदत है, हम मजदूर पीढी-दर पीढी इसी के लिए पैदा होते हैं।

रमेश - नहीं मेरे भाई ऐसा नहीं है, गरीबी आदत नहीं बीमारी है जो समाज में फैली है, और ये बीमारी पीढी दर पीढी चली आ रही है, हमारा समाज एक संकीर्ण विचार धारा मे बंधा हुआ है वेद, शास्त्र, धर्म ये सब बडी-बडी बातें सिर्फ कहने के लिये है उस ज्ञान को कोई अपने ऊपर नहीं उतारना चाहता, जब सुधार की बात होती है तो लोग एक दूसरे में कमी खोजने लगते हैं, लेकिन स्वयं में सुधार नहीं लाना चाहते।

शिवपूजन - ये बडी-बडी बाते मेरी फेर में तो ना आये, छोडो बडे दिनो बाद मिले हो...तुम अपनी कहो?

शिवपूजन की अंतर्वेदना देख कर रमेश का मन बडा ही व्यथित होगया कुछ बोल ही ना आया, अचेत मन से उपर की तरफ देखते हुए - ये तुम्हारे अकेले का नहीं, पूरे समाज का दर्द है।

शिवपूजन - जो भी हो अब तो यही जिंदगानी है, अच्छ अब मै चलूंगा, घर में आटा नहीं है अम्मा राह तक रही होगी।

शिवपूजन इतना कहकर निकल गया, रमेश उसको तब तक देखता रहा जब तक वो आंख से ओझल नहीं होगया।

9.

शिवपूजन को इस हाल में उसकी दुख-तकलीफ देख कर रमेश का हृदय संताप से भर गया, मन बडा व्यथित होगया, उसके मन में रोस था अपने पिता के प्रति, अपने समाज के प्रति,जिसने समाज में मनुष्यों के बीच एक खाई पैदा कर दी, हम सब दिखावे के लिए इंसानियत को ढोते हैं।

वही दो आंखे, दो पैर, दो हांथ फिर भी हम इंसान इंसान कहलाने के काबिल नहीं पशुओं से भी निकृष्ठ है, कम से कम वो एक जैसे दिखते एक जैसे रहते है उनके पास इंसानो जैसा दिमाग नहीं फिर भी खुश रहते हैं हम सर्वश्रेष्ठ होने का दंभ भरते हैं लेकिन हैं जानवरो से भी बदतर।

रमेश इन्ही विचारों में डूबा अंदर जाने को हुआ, विशंभर नाथ पीछे से टोकते हुए - रमेश वो कल कार्ड लेने शहर चले जाना, मुझे तो समय नहीं मिल पायेगा ।

रमेश - आप चिन्ता ना करें, मै सब सम्भाल लूंगा। लेकिन ये अपने ठीक नहीं किया शिवपूजन से मजदूरी करवाने लगे।

विशंभर नाथ - मैने जबरदस्ती थोडे ही रखा है, वो खुद ही काम मांगने आया था,किसी की मदद करना पाप थोडे ही है।

रमेश - आप उसे कुछ दूसरा काम भी तो दे सकते थे, याद करिये वो दिन जब मै दूसरी कक्षा में था, शिवपूजन के दादा हमारे यहां ही काम करता था और ये शिवपूजन स्कूल नहीं जाता था, तब आपने ही उसका नाम लिखवाया...आज भी मुझे याद है वो बात जो आपने उसके दादा से कही थी... तुम्हारा बेटा होशिार है इसका स्कूल में दाखिला करवा दो, ये एक दिन तुम्हारी आंखो की रोसनी बनेगा, तुम्हारी गरीबी को मिटायेगा।

लेकिन आज अपने उसे फिर वही पहुचा दिया, इससे अच्छा तो वो अनपढ रहता, अपने बाप की तरह गरीबी को किस्मत समझकर जीता कम से कम चैन से तो जीता।

विशंभर नाथ - अब तुम हमे लोक-रीत ज्ञान का पाठ पढाओगे क्या करना है क्या नहीं, तुम अपना काम करो, शादी को अब बचे ही कितने दिन है।

रमेश - पापा मुझमे इतना समर्थ तो नहीं कि मै आपको ज्ञान दे सकू आपने मुझसे ज्यादा दुनिया देखी है, आप को सब मालूम है उसके बाद भी किसी गरीब का दुख नहीं समझ सकते।

विशंभर नाथ - इंसान अपने सुख दुख का स्वयं जिम्मेदार होता है, ना करे... जबरदस्ती थोडे ही ना है।

रमेश - ये बाते आप दूसरो को पढ़ाये ।

विशंभर नाथ - चिल्लाते हुए जाओ अभी जाकर कह दो ना आये कल से।

रमेश- मै यही समझता था आप बांकियो जैसे नही हो लेकिन आप उन्ही के जैसे हो।

विशंभर नाथ - आदर्श की बाते केवल कहने और सुनने में अच्छी लगती है वास्तविक जीवन में कोई मोल नहीं, चमार को घर में बैठा के खाना नहीं खिला सकता मै, जो परम्परा-रीति है उसी का पालन कर रहा हूं, मेरे जीते जी तो ना हो सकेगा, मेरे जाने के बाद जो चाहे वो करना। इतना कहते हुए तमतमाते हुए अन्दर चले गये।

10.

शिवपूजन के घर पहुचते पहुंचते रात हो चुकी थी, शिवपूजन की मां विसतिया गडासे से घांस छील रही थी, एक मरियल सी गाय पाल रखी थी .दूध तो ना देती फिर भी आस थी कि एक ना एक दिन गाभिन होगी हमारे बच्चे के लिए एक छटांक दूध तो देगी।

शिवपूजन - अम्मा ये तू अंधेरे में क्या कर रही है, कहीं हांथ वांथ ना काट लेना, दिन में काट लेना, कितना भी खिलाये वो मरियल मोटी ना होगी।

विसतिया - ऐसा ना बोल मुझे तो लगता है गाभिन है।

शिवपूजन - तू नाहक ही प्राण दे रही है, हमारी किस्मत में दूध नहीं बदा है इस को इस बार किसी पठान को दे दूंगा।

शिवपूजन की मां - दूध दे या ना दे जीते जी गौ हत्या ना करूंगी पशु है तो क्या ...से पाल कर इतना बडा किया है, खूंटे मे ही मरेगी।

शिवपूजन - ठीक है करना जो मन आये, गेहूं बचा हो तो दो चक्की से पिसवा लाऊं।

विसतिया - पिसवा लाई हूं, आज का काम हो जायेगा कल की कल देखेंगे।

शिवपूजन - चिन्ता ना कर, मोतीलाल सेठ से बात किया हूं उधार देने का बोला है।

विसतिया - तू उस कपटी के यहां से कुछ मत लाना, कल से दरवाजे पर तकाजा करने खडा हो जायेगा।

शिवपूजन - अम्मा बदले में उसके खेत में 2 दिन काम कर दूंगा, तब तक अपना भी अधिया वाली फसल कट जायेगी।

विसतिया - अरे का फसल कट जायेगी, सब वो दुष्ट विशंभर ढेर लेगा, ये कर्जा वो कर्जा।

शिवपूजन - तो तू ही बता अम्मा का करें फिर?

विसतिया - क्या करेगा जब दऊ ही बलिहारी है ,चल हाथ मुह धो ले फूलन खाना बना रही है।

फूलन शिवपूजन की बहन घर मे सब फूल ही कहते थे, स्कूल मे जब दाखिला करवाया तो फूल कुमारी करवा दिया, दिखने में भी फूल सी ही थी छोटे कद की गोल चेहरा खिलते हुए फूल की तरह जवानी की दहलीज मे कदम रखा ही था, किसी बडे कुल में पैदा होती तो इस फूल की कीमत होती लेकिन नाम के पीछे साकेत जो लिखा था यहीं से फूल मुरझा गया ।

शिवपूजन रसोई मे जाकर फूलन के बगल में जाकर बैठ जाता है- फूलन पता है रमेश बाबू आये हैं।

आज उनसे मिल के दिल को बडी तसल्ली हुई।

फूलन इतना सुनते ही खिलखिला पडी - सच कब आये वो तो निरा परदेशी हो गये।

शिवपूजन - हां वो तो है, भारती की शादी तक तो रूकेंगे ही।

इतना कहने सुनने के बाद शिवपूजन बैठे-बैठे ही अपने ख्यालों में खो गया।

रमेश को क्या कहता रोटी तो कहीं भी मिल जाती। जहां कहीं भी खून पेरता रोटी दो रोटी तो मिल ही जाती लेकिन दिल को सुकून ना मिलता।

भारती स्कूल में रमेश से एक ही दर्जा ऊपर पढती थी। स्कूल गांव से कोस भर दूर था।

भारती रमेश शिवपूजन भी उनके पीछे-पीछे चलता, भारती जब चलते -चलते थक जाती तो शिवपूनज भारती का झोला अपने कंधे पे टांग लेता सब साथ में हंसते खेलते हुए जाते रमेश तो शुरू से ही बडा शरारती था।

भारती को बडा चिढाता दोने भाई -बहन के बीच आपस में जब नोक-झोक बढने लगती , शिवपूजन, भारती को समझाता, भारती का गुस्सा शांत करता। भारती खीजती मुह फुला लेती शिवपूजन मनाता, समझाता,भारती को कहानी सुनाता जाता जो उसके दादा रात में सुनाते थे।

बचपन की ये शरारते बडे होने पर कब प्यार में बदल गई पता भी ना चला। शिवपूजन ऊंच-नीच का भेद भी ना कर सका, अंदर ही अंदर भारती को चाहने लगा था।

भारती को लेकर तरह-तरह के सपने सजांने लगा, उसको ये भान ही ना रहा भारती और उसका मिलन जैसे धरती और आसमान एक होजाना।

आग और पानी का साथ होना। पत्तो को हवायें तो अच्छी लगती है पर दोनो एक साथ नहीं रह सकते।

थोडी देर के लिये ही मन बहला सकते हैं।दोने के बीच एक कभी ना टूटने वाली दीवार थी समाज की बंदिशे जो शिवपूजन को भारती से प्यार करने की इजाजत नहीं देती है। लेकिन दिल को कौन समझा सकता है।

वो इन सब सीमाओं से परे सोचता है। लेकिन मन तो हकीकत को समझता है ये सोचते-सोचते शिविपूजन का ह्रदय विषाद से भर गया।

मन ही मन खुद को कोसने लगा ईश्वर ने हमे गरीब , छूत ही बनाना था तो दिल एक सा क्यूं दिया।

गरीबो को ख्वाब देखने का हक क्यू देता है। अपने दिल को तसल्ली देते हुए ,खैर अब इन बातों को सोचने से कोई मतलब नहीं कुछ दिनों बाद भारती का ब्याह हो जायेगा वो अपने ससुराल चली जायेगी।

फूलन ,शिवपूजन को झकझोरते हुए -भैया कहां खोये हो?

शिवपूजन - कहीं नहीं कुछ पुरानी बातों को याद कर रहा था। फुलन -वो दिन भी कैसे थे हम साथ खेलते साथ पढते हम भी बडे-बडे सपने

संजोते बडे होके ये बनेंगे वो बनेंगे।

शिवपूजन ,निराशा भरे मन से - तू तो कहती थी इस स्कूल की मास्टरनी बनेगी ?

फूलन रोटी भी सेकती जा रही थी - हमें क्या पता था हम गरीबों के लिए सपने देखना भी गुनाह है।

हमारे सपने देखने का हक तो उपरवाला गरीब पैदा कर पहले से ही छीन लेता है।

शिवपूजन - तू इतना निराश ना हो, हम भी कभी ना कभी इन्सान बनेंगे, हम भी कभी अच्छी जिंदगी जियेंगे ।

फूलन झिडकी देते हुए .जियेंगे कैसे मजदूरी करके, कितनी बार कहा ,यहां कब तक चाकरी करेगा, दिन रात मजदूरी करों फिर भी खाने को ना पूजता है। रामकरण को ही देख लो तुम्हारी उमर से ज्यादा ना होगा, देखो शहर में जा के कैसे जम गया। चार साल होगये उसको कमाते हुए अपना घर भी पक्का करवा लिया, उसके घरवालों का पहना ओढना देखो।

शिवपूजन - फूलन सब की जिंदगी एक जैसे नहीं होती, इस लिये तो हम इंसान है नहीं जानवर ना हो जाते।

फूलन चिढते हुए, हम तो जानवर से भी बद्तर है,पता नहीं हमारा भाग्य कब बदलेगा, तू भी रामकरण के साथ सूरत काहे नहीं चला जाता ?

शिवपूजन - चला तो जाउं लेकिन तुम्हारी और अम्मा की देखभाल कौन करेगा ?

फूलन - मेरी और अम्मा की तू चिंता ना कर हम अपना ध्यान आप रख लेंगे।

शिवपूजन हंसते हुए - ठीक है -ठीक है मेरी मां, तू जैसा कहेगी वैसा ही करूंगा।

फूलन - ज्यादा बातें ना बना, जाना ही पडेगा, कहे देती हूं हां।

शिवपूजन - अब तो कमाना ही पडेगा तेरी शादी भी तो करनी है ,,,और तेरी शादी बडी ठाठ-बाट से किसी अच्छे घर में करनी है, सांस भरते हुए - दादा भी यही सपना लिये स्वर्ग सिधार गया, तेरी धूम-धाम से शादी करना उसकी अंतिम इच्छा थी। जब तू अच्छे घर में ब्याही जायेगी

तभी दादा की आत्मा को शान्ति मिलेगी।

फूलन - मेरी शादी की फिकर ना कर , पहले मुझे तेरी शादी करना है फिर मै सोचूंगी कि मुझे करना है कि नहीं।

इतने विसतिया आगई,शिवपूजन से -शादी होगी जब होनी होगी, खाना खा ले सुबह से दो रोटी खा के जाता है शाम तक कोल्हू के बैल की तरह पिसता रहता है।

11.

शिवपूजन खाना खाके गर्मियों का समय था अपनी खाट बाहर लगा कर लेटा था लेकिन नींद उसकी आंखो से कोषों दूर थी, चांद की तरफ टकटकी लगाये देखते हुए गुन-गुनाने लगा।

"

ऐ खुदा !हो गर तू कही ,
सुन मेरी दिल की लगी ,
पैगाम-ऐ मोहब्बत लाया क्यों ,
ख्वाब देखने का हक दिया क्यों ,
ऐ मेरे नासमझ दिल,,,
न कहो दुनिया से दर्द अपना ,
तुझे समझाउं कैसे,
सिमट जा तू कही खुद में,
दूर चला जा कही ज़माने से ,
घुट-घुट कर दम तोड देगीं,
ये यादें भी इक दिन,
हौसला रख खाक होगी ,
ये मोहब्बत भी इक दिन,
ऐ खुदा ले चल वहां ,
जहां कोई बंदिसे ना हो,

ये मोहब्बत ,ये चाहत ,
सिवाय और कुछ भी ना हो,
रास ना आई मुझ ये उधार की जिंदगी,
तोड़ दे मेरी साँसे ख्वाइश.ए.जिंदगी,,,,,,

ये गीत गाते - गाते दर्द की असीम वेदना मे कही डूब गया, जहाँ सिर्फ तड़प थी ,आह थी।

12.

अगले दिन रमेश शहर के लिए निकल रहा था ,सोचा जाते हुए आरिफ की गराज से होते हुए चला जाये , बुलेट आरिफ की गराज में रुकी ,देखा अरिफ अपने काम में मगन ,दीन-दुनिया से बेखबर फिल्मी नग्मे गा रहा था साथ ही काम भी करता जारहा था ।

रमेश - क्या बात है रोमियों गाडियों से भी रोमांस कर लेते हो?

आरिफ - मोहब्बत जो की हमने साइलेंसर से...

जिंदगी कट रही कबाडखाने में।

रमेश - वाह! साइलेंसर प्यार...

आरिफ,मन मसोसते हुए- जिन हांथों में गुलाब का फूल होना चाहिए... साइलेंसर को जोर जोर से ठोकते हुए - कोयले में घिस रहे है।

रमेश -अच्छा एक बात बता ये मौलवी साहब के बडे पर्चे जगह-जगह लगे हैं। विधायकी का चुनाव लड रहे हैं क्या?

आरिफ - ऐसा ही है लडने और लडवाने के सिवा उनको आता ही क्या है।

रमेश - मतलब...

आरिफ - कल तक मुसलमानो को भडकाते थे काफिरों से दोस्ती यारी मत करो, आज वही मौलवी जी दर-दर भटक रहे हैं वोट मांगते हुए हिन्दू-मुस्लिम एकता का पाठ पढाते है।

रमेश - ये तो अच्छी बात है इसमें क्या बुरा है,सुधरे इंसान किसी भी बहाने सुधरे।

आरिफ - लालच इंसान को कुत्ता बना देती है, नेताओं के पीछे दुम हिलाते घूमते हैं ।

रमेश - क्या बात है तू इतना होशियार कब से हो गया?

आरिफ - सब संगत का असर है जनबा,

आदिबों के अंजुमन में जो रहता हूं ,

हर बात की खबर रखता हूं...।

रमेश - किसी दिन फुरसत से बैठकर तुम्हारे शेर सुनेगे, मियां अभी मार्केट जा रहा हूं, कार्यक्रम नजदीक है और काम बहुत है।

आरिफ - मैं भी चलूंगा, अकेले क्यूं साथ मिलकर करेंगे, रास्ते में तुम्हारी भाभी का कॉलेज भी पडता है ,एक झलक देखते हुए चलेंगे।

रमेश - क्यू नहीं, देखते हुए ,मिलकर चलेंगे, तुम्हारी भी जल्दी से सेटिंग हो जाये चट मंगनी पट ब्याह ,सब साथ निबटाते हुए जाउंगा।

दोनों को बात चीत करते कुछ ही समय गुजरा होगा की ,मौलवी साहब दर्जनों चमचो के साथ एक खुली गाडी में पार्टी का झंडा और पर्चा बांटते गुजर रहे थे।

रमेश को देखते ही आरिफ की दुकान की तरफ आ गये।

मौलवी जी - और बेटा कब आये, खैर जो भी हो बहोत सही समय पर आये हो।

रमेश - अच्छा लगा अपका पोस्टर देख कर, पोस्टर की तरफ इसारा करते हुए - आज MLA क्या पता कल मंत्री, क्यूं आरिफ?

मौलवी जी- हां ...हां क्यूं नही तुम्ही लोग... युवा लोग देश के भविष्य हो जो चाहे वो बना दों।

आरिफ - फिलहाल जो लगता है आप का पंचर बना दूं।

मौलवी जी - क्या कहा फिर से कहो ?

आरिफ - कुछ नहीं यही कि फिलहाल गाडी का पंचर बना दूं।

मौलवी जी -तुम्हारे दिन भी फिरने वाले हैं, बस एक बार चुनाव जीत जाऊं ,तुम्हारे लिए एक बड़ा सा मोटर गराज...बस भीड़ जाओ चुनाव ज्यादा दिन नहीं बचे ...झंडा बढ़ते हुऐ लो थामो झंडा और चलो मेरे साथ

।

रमेश चमचो की तरफ इसारा करते हुऐ- आपके साथ तो बड़े सिकंदर है, जीत पक्की।

आरिफ -नाराये तकबीर,,,आपके दिन फिर जाए, अल्ला आपको जन्नत अता करे, आमीन।

मौलवी जी - मतलब अल्ला को प्यारा हो जाऊं ?तू बहुत टेडी बात करता है।

रमेश की तरफ देख कर हँसते हुऐ -बहुत बदमाश है ।

इतना सुनते ही रमेश की हंसी निकल गई अपना मुह पीछे छिपाते हुए मौलवी साहब बगले झांकने लगे।

मौलवी जी - आरिफ की तरफ देख कर चेहरे में मुस्कान लाते हुए- कोई बात नहीं ये तो अपना ही लडका है।

रमेश - हा ये बात तो है ये तो अब आपका ही है आप की सारी समस्याये दूर कर देगा, बस आप इसका निकाह करवा दें?

मौलवी जी - ये कोई कहने की बात है, जिससे कहेगा उससे करवा दूंगा लेकिन तुम लोग थोडा ध्यान दो।

आरिफ - बाद में मुकरियेगा नहीं।

मौलवी - कैसी बात करता है, मैने कभी झूंठ बोला ? अच्छा बेटा चलूंगा अब तो मिलना होता रहेगा।

मौलवी जी इतना कह कर वहां से निकल गये आरिफ ने अपनी दुकान का सटर गिराया - चल भाई अब चलते है। फालतू में समय खराब किया हंसते हुए -मौलवी जी तो इस समय कुत्ते को भी सलाम ठोंकते हैं मुझे ही वोट देना।

13.

आरिफ और रमेश शहर की ओर निकल गये, गाडी में चलते-चलते आपस में बाते भी करते जारहे थे।

रमेश ,आरिफ से - तुम्हे तो खुश होना चाहिए मौलवी जीत जाये, आखिर मौलवी तुम्हारा होने वाला ससुर जो है।

आरिफ - खुदा ना करें ऐसा हो ,पेट में दाढी है मौलवी के ,अभी इंसान को इंसान नही समझते है, जीत गया मौलवी अगर गलती से भी तो समझो दिल के अरमा आंसुओ में बह गये। हंसते हुए- कुछ सियप्पा भिड़ा, मौलवी साहब की लुटिया कैसे डुबोये ?

रमेश- एक काम करते हैं, अभी पर्चा भरने की तारिख तो बची हैं ना ? क्यूं ना तेरे अब्बू को खडा करवा दिया जाय, भेड़ियों की जंग में गाय बाजी मार ले जाय ?

आरिफ,की हंसी छूट गई -क्या बात करते हो ? विधायकी का चुनाव है ,कोई मज़ाक थोड़े ,वैसे भी ...

बिना पार्टी उम्मीद्वार को कौन वोट देगा, और पैसा कहां से आयेगा, ये सब अपने बस की बात नहीं।

रमेश - मैने अगर कहा है तो कुछ सोच कर ही कहा है, ट्रस्ट आन मी, आई विल मैनेज, रही बात वोट की हिन्दू ,मुस्लमान सभी वोट देंगे शंभूनाथ को कोई वोट देने से रहा, इन दोनो दुष्टों को कोई वोट देना नहीं चाहेगा।

आरिफ - बात तो ठीक ही कह रहे हो, मगर इतने पैसे कहा है चुनाव के लिए, यहां तो अपना ही गुजारा मुस्किल है ?

रमेश - चिन्ता मत कर नामांकन और पर्चे की छपाई का जो खर्चा आयेगा सब मै संभाल लूंगा।

आरिफ - भाई खाम खा मेरी मोहब्बत कुर्बान हो जायेगी, मै अपनी मोहब्बत को कुर्बान न करूंगा।

रमेश - गालिब मियां घी तो वैसे भी सीधी उंगली से नहीं निकलने वाला।

आरिफ - तुम समझ नहीं रहे हो अब्बू अगर खिलाफ हुए तो, ये सैतान किसी भी सूरते हाल में आसिमा का निकाह मेरे साथ नही करेगा।

रमेश - आशिमा से निकाह करना है तो तुम्हे उनकी बराबरी तक पहुंचना तो पडेगा, कमजोर के साथ कोई नहीं चलता, पैसा और पावर हो तो दुश्मन भी सलाम ठोकते है।

आरिफ - भाई तू जहां चाहे वहां पहुचा दे, बस आसिमा को मेरी बना दे, गाडी रोकते हुए - तेरी भाभी का कॉलेज आ गया, गाडी कालेज के बाहर किनारे में लगा के खडी कर दी।

14.

रमेश,कालेज का मुआयना करते हुए - चलो आज लडके वालो की तरफ से ,मै बात पक्की कर देता हूं। जैसे ही आगे बढ़ता ,आरिफ पीछे की ओर खिसकने लगता है - तेरे पैर पीछे क्यूं जा रहे है, मर्द हो हिम्मत दिखाओ?

आरिफ - वो बात नहीं है ,मेरी हिम्मत ना हुई कभी बात करने की, मै ना दूर से देख कर ही पेट भर लेता हूं, तुम पहले जाकर माहौल ले लो। वो देखो पेड के नीचे आसिमा और भी कई तितलियाँ बैठी हैं।

रमेश,आरिफ का हाँथ पकड़ कर खींचते हुए - सच में तब तो समझो मियां सारा मामला हम सलटा देंगे, चलो तो सही बताता हूं।

आरिफ - चलों कहते हो तो मुझे हलाल ना करवा दियो। जैसे ही कालेज के अंदर घुसे ,भारती,अपने क्लास रूम से बाहर निकलती है ,उसकी नज़र रमेश और आरिफ पर पड़ी, आवाज देते हुए- अरे तू यहा क्या कर रहा है और ये आरिफ ?

आरिफ -मै कोई सलमान खान थोड़े ही हूँ, कूल डाउन बहना , मै भी पढ़ने ही आया हूँ ,आशिमा की तरफ नजर करते हुए लेकिन अब तक एड्मिसन नहीं मिला चक्कर काट काट के थक गया।

भारती मार-पीट की तो बताये दे रही हूं।

रमेश - अरे मेरी मां चुप हो जा कोई मार-पीट करने नहीं आये , सोचा तुम्हारा कॉलेज देखता चलूं,यहाँ मेरे भी कई दोस्त पढते हैं

भारती को देख कर आसिमा आते हुए "कैसी हो भारती शादी होरही है और तुमने बताया नहीं ?

आरिफ -हम भी नहीं बुलाएँगे ,चुप चाप ही करलेंगे।

असीमा चौकते हुए -क्या कहा,फिर से कहो?

रमेश बात को सँभालते हुए -ऐसे ही ये तो कुछ भी कह देता है ,पागल आदमी तुम्हे ही कह दे मुझसे करलो शादी?

आसिमा बात को टालते हुए -अच्छा तुम कब कर रहे हो शादी ?

रमेश हंसते हुए - शादी का क्या तुम जब कहो बारात लेके लेआए , हां ये अलग बात है मौलवी जी बारातियों का स्वगत फूल माला की जगह डंडो से करेंगे।

इतना सुनते ही सभी के चेहरो में मुस्कान बिखर गई।

भारती - तू ना सुधरेगा कभी, शहर में लगता है इसी की पढाई करता है ,मम्मी ठीक ही कहती है ,तू पहले से भी ज्यादा बिगड गया।

रमेश - मै क्या अपनी भाभी से मजाक नहीं कर सकता ?

सब के चेहरे फक पड गये ये क्या बोल दिया ।

आरिफ ने सोचा यही मौका है बिना समय गवाए -मेरी तरफ से तू खूब मजाक कर , नो प्रॉब्लम ।

आसिमा आंखे तरेरते हुए -ये क्या मजाक है ?

रमेश बात बनाते हुए -हां भाभी ही कहा है इसमें हैरानी की क्या बात ,तुम्हारी जिससे शादी होगी उसे भाई बना लूंगा तो भाभी हुई ना?

आसिमा - जी हम बेबकूफ नहीं है, हमें आपकी सारी बाते समझ आती है ।

रमेश बीच में ही बात को रोकते हुए भारती को अकेले बात करने का इसारा किया।

आंख मार कर आरिफ को इसारा किया कि अब तू मामला संभाल लेना ।

अब वहां पर आशिमा और आरिफ बस दो ही बचे आरिफ बोलने की कोशिस करता है लेकिन बोल नहीं पाता हकलाने लगता है।

आसिमा - कुछ कहना है?

आरिफ- वो मै क्या कह रहा था, आपके अब्बू का चुनाव प्रचार बहोत अच्छा चल रहा है, पक्का वही जीतेंगे आप फिकर ना करें।

आशिमा, हंसते हुए- मुझे क्या करना है उनके चुनाव से और जनाब आपको किसने कहा कि मै बडी फिकर में हूं ?

आरिफ - आप को हो या ना हो मुझे तो बडी फिकर है, मै आपके अब्बू का पर्चा साथ में लेकर घूमता हूं जो भी मिलता है सभी से कहता हूं, वोट मौलवी साहब को ही देना जब तक वो चुनाव में ना जीत जाएं मुझे चैन ना आयेगा।

आशिमा ,अपनी कनखिया उमड़ते हुए -अच्छा ,आप कालेज के ईर्द-गीर्द चक्कर जो लगाते है ,यूं ही नही लगाते।

आरिफ - ये तो खुदा की मेहेर है ,मुझे कहना भी नहीं पडा ,आपने मेरा हाले दिल पढ लिया ।

आशिमा, गुस्से से- ज्यादा होसियार बनने की कोशिस ना करो, अब्बू को पता चलेगा तो तुम्हारी अकल ठिकाने लगा देंगे।

आरिफ - मेरी मोहब्बत को जामाने की फिकर नहीं, बस एक बार हां कह दो मुझे तो मौत से भी डर नहीं।

आशिमा - ये अपनी दो कौडी का शेर कहीं और जा के आजमाइये, मुझ पर असर नहीं होगा ,अपनी सकल आइने में देखते हो कभी, बडा आया मौत को गले लगाने वाला आवारा कहीं का।कह कर वहाँ से जाने लगती है।

आरिफ - बेसक मैं हूं आवारा, आसिमा बेग माथे से लगा लो तो बन जाउं सितारा?

आशिमा,पीछे मुड़कर झल्लाते हुए - दफा हो जाओ यहाँ से इतना सुनते ही ,भारती और रमेश भी आ जाते हैं और आस-पास के लोग भी आवाज सुनकर इकठ्ठा हो जाते है।

रमेश - क्या हुआ आशिमा, क्या गजब ढा दिया इस नालायक ने, कहीं शेरो सायरी तो नहीं सुना दी?

आशिमा - आप के दोस्त को आशिकी का भूत सवार है, इसलिए कहीं अच्छे से अस्पताल में इनके दिमाग का इलाज कराइये ?

रमेश आरिफ की तरफ इसारा करते हुए -चल भाई तूने तो सब गुड गोबर कर दिया।

आरिफ जाते जाते पीछे से- आप ने आइने का जिक्र किया था, उसका भी जवाब सुन लीजिए"

जब भी आइना देखता हूं मेरे दिल की सीरत में बसी आप की सूरत मेरे चेहरे पे नजर आती है"

रमेश, आरिफ को खीच कर ले जाते हुए -आशिमा तुम इसकी बातो का बुरा मत मानना शेरो शायरी में अभी कच्चा है सीख रहा है लेकिन एक दिन बहुत अच्छा शायर बनेगा।

दोनो वहां से चले आते हैं गाडी के पास पहुंच कर रमेश - आज ही गालिब बनना था थोडा सबर से काम लेना था, प्यार मोहब्बत का मामला है बात धीरे-धीरे बढती है।

आरिफ - उसने खुद ही कहा उसे सब पता है फिर मैने भी सोचा जब उसे सब कुछ पता चल ही गया तो अपने दिल की बात कह ही डालूं।

रमेश गाडी को जैसे ही चालू किया एक हट्टा कट्टा शरीर वाला लौंडा दूर से रूकने के लिए आवाज लगाता है रमेश उसे देख कर - अरे आरिफ ये सर्वेस यहां क्या कर रहा है ?

आरिफ - ये लफंगा शंभूनाथ का लौंडा...यहीं पढता है ,दो-चार चमचे साथ लेकर घूमता रहता है, अपने आप को बहुत बडा गुंडा समझता है।

सर्वेस पास आकर-और भाई रमेश बडे दिन बाद दिखे ,और इस पंचर बनाने वाले के साथ क्या कर रहे हो ?

आरिफ, गैज खाते हुए सर्वेस की तरफ बढा रमेश ने बीच में ही रोकते हुए।

सर्वेस की तरफ मुखातिब होते हुए - कुत्ते की पूंछ टेंढी की टेंढी ही रहती है ,कभी सीधी नहीं होती।

सर्वेस तमतमाते हुए - पहले वाला सर्वेस मत समझ लेना ... यहां मेरा सिक्का चलता है...सर्वेस सिंह का... शेर हूं शिकार करता हूं।

रमेश - ना तू शेर है ,ना ही शिकारी, पहले भी अनाडी था ,और अब भी अनाडी है ।

सर्वेस - ये तो वक्त ही बतायेगा कि कौन खिलाडी है कौन अनाडी।

आरिफ तपाक से उचटते हुए - वक्त पे फैसला तो कायर किया करते हैं हम तो वो बाजीगर है जो वक्त से पहले ही फैसला कर लिया करते है।

आरिफ और सर्वेस एक दूसरे का कॉलर पकड लेते हैं,इतने में सर्वेश के कुछ लफंडे आरिफ की तरफ आगे बढे, आरिफ- आज तेरी सारी चर्बी

उतार दूंगा। सर्वेस आज तुझे ऐसा पंचर करूंगा ,,, एक दूसरे पर मुक्के की बारिस करे इससे पहले ही रमेश बीच में आकर पकड लेता है।

रमेश ,सर्वेस को समझाते हुए- ठीक है तू जैसे कहे वही सही इस बात का फैसला वक्त पर ही छोडता हूं।

सर्वेस ,कुटिल मुस्कान के साथ -अभी तो बडी-बडी बाते कर रहा था ,फट के आगई ना हांथ में।

रमेश, आरिफ को पकड कर अपने साथ लेजाने लगा, आस-पास कॉलेज के और छात्रों ने घेर लिया , रमेश ने वहां से बिना कुछ किये निकलना ही बेहतर समझा। अपनी गाड़ी में बैठ कर दोनों वहाँ से चलने को हुए

रमेश, आरिफ को समझाते हुए - तू भी जहां देखो वहीं शुरू हो जाता है।

पीछे से सर्वेस दंभ भरते हुए - मैदान छोड कर भागना मत... इस बार शिकार मैं ही करूंगा।

रमेश - इक बार फिर सोच ले.... शिकारी भी कभी कभी शिकार हो जाता है।

सर्वेस - खुली चनौती है, मैदान में तो आ।

रमेश - मै तो मैदान में ही हूं ...अब तू छोडने की तैयारी करले, चल भाई गाडी स्टार्ट कर।

ये कह कर आरिफ और रमेश वहां से चले जाते है।

15.

रस्ते में रमेश आरिफ से -करने कुछ और आये थे हो कुछ और गया, बेवजह ही दुश्मनी मोल लेली, शेरो-शायरी में जरा कन्ट्रोल रखा कर जेनिटिकली डिफेक्टेड आइटम है, क्या पता कट्टा रखा हो वहीं पर ठोंक देतां तो ?

अरिफ - समुच कट्टा साले की ,गा*** में।

रमेश गंभीर मुद्र में - मामला थोडा पेंचीदा है, पहले तो भीगी बिल्ली था अब ये खुल्ला सांड है... अब से सर्तक रहना होगा ।

आरिफ -लगता है सहर जा कर तू डरपोक होगया ...मर्द बन मेरी तरह , देखा नहीं कैसे भीड़ गया तू नहीं पकड़ता तो फिर ...अपनी मुंडी पीछे घूमते हुए ।

रमेश- आगे देख नहीं गाड़ी ठोक जाएगी ...फेंकू साला , दिमाग से मारना

होगा एक तीर से कई शिकार अब तू देखना...एक तीर से कई शिकार होंगे ।

आरिफ - इंजीनरिंग में तीर चलना सिखाते है क्या ?

रमेश- कुछ ऐसा ही समझो ...चमत्कारिक तीर तुम्हारे अब्बू?

आरिफ - फिर से एक नयी पहेली ।

रमेश - जनाब मौका है इस चुनाव में मौलवी और शंभूनाथ दोनो भेडियों को एक ही कढाई में डालकर मजहब का तडका लगा देंगे।

आरिफ, मुंह बनाते हुए - भाई मेरी मोहब्बत का क्या?

रमेश - अभी तक तो तुम्हारी मोहब्बत बंजर थी अब आबाद होगी, आगें देखिए नहीं गाड़ी घुस जाएगी ।

16.

व्यस्त तंग गलियों से होते हुए आरिफ गाड़ी ले जाने लगा रमेश ...इधर कहाँ ... आरिफ -अरे चल तो सही जैसा कहूंगा वैसा करना बस अपना दिमाग मत लगाना, अच्छा ये बता कितनी माल पटाई या ऐसे ही रूखा सूखा ?

रमेश - छी कैसी गंदी बाते करता है, कुछ अच्छा काम किया कर।

आरिफ - जवानी मे यही तो काम की बात है, यूं ही कही बीत न जाये ये प्यासी जवानी अब नहीं तो कब करेंगे मनमानी बोलो ?

रमेश - सबर कर,सबर का फल गुलाबी-गुलाबी गाल रसीले होंठ सहद की रानी और कहूं ....

आरिफ- आसिमा की बात कर रहा है।

गाडी एक दुकान के सामने ले जाकर रोक दी।

रमेश - और किसकी... यहां क्यों रोक दी।

आरिफ- जो कहा उसकी भरपाई करने तो आता हूं, बस यो समझ ट्रयल ले रहा हूं।

रमेश दुकान लगे बोर्ड की तरफ देखते हुए "भाभी जी की दुकान...यहां सब सामान मिलता है "

आरिफ- यही तो सस्पेंस है .... आंख दबाते हुए सब मतलब सब ..... अंदर चलो बताता हूं।

17.

रमेश वहीं खडा रहता है, आरिफ गाडी से उतर कर अंदर जाने लगता है, दुकान की गेट पर रूक जाता है..... रमेश को अंदर आने का इशारा करता है।

रमेश - तू जा ले मजे मै यहीं रहूंगा।

आरिफ- आजा बेटा कोई गलत काम थोडे ही है।

इतने में अंदर से एक कमसिन 35 साल की महिला रेड साड़ी डीप नेक ब्लाउज चेहरे पर पाउडर पुता सुर्ख लाल लिपस्टिक लगाये हुए गेट के पास आते हुए.. आओ न राजा होटों को दबाते हुए-दिल के मरीजो का ये दवाखाना है।

दुकान में सभी तरह के महिलाओं के श्रृंगार का सामान अंतर् वस्त्र से सजी थीं, आरिफ और दुकान वाली चमेली आपस में बातें करने लगे।

आरिफ-आज पैसे तो नहीं है, रेगुलर कस्टमर को कुछ तो डिस्काउंट दो?

चमेली - ये सरकारी अस्पताल थोडे ही है राजा, बिना दाम के काम ना होगा।

रमेश दुकान का मुआयना करते हुए तो ये बात है, मैने तो कुछ और ही समझ लिया था।

चमेली ,रमेश के पास आकर शर्ट पकड़ कर खींचते हुए-मालदार आदमी लगते हो चलो अंदर तुम्हारी कमर और जेब दोनो ढीली करती हूं।

रमेश खुद को छुडाते हुए दूर जा के खडा हो जाता है। आरिफ की तरफ इशारा करते हुए- तू चल रहा है या मै जाउं।

आरिफ - बस 10 मिनट की बात यों अंदर गया और फ्लस मार के आया, चमेली की तरफ इशारा करते हुए अब मान भी जा ?

चमेली - राजा पैसों की लौंडिया हूं तेरी नहीं ... माल देगा तो ही" मुस्कुराते हुए- रेट भी मैने बढा दिया है... रमेश की तरफ इशारा करते हुए ये- चिकना मुझे जंच गया... इसको डिस्काउंट दूंगी।

रमेश चिढते हुए - भाड मे जाय तेरा डिस्काउंट कहते हुए बाहर आ गया पीछे-पीछे आरिफ भी जैसे ही गाडी स्टार्ट करने लगा... चमेली रमेश को आवाज देते हुए ... जो यहाँ एक बार आता है ,बार बार आता है ,चमेली चीज ही कुछ ऐसी है राजा अपने होंठो को चबाते हुए -फ्लाइंग किस लेते जाओ मुफत है।

रमेश अपना मुँह बनाते हुए गाड़ी का किक जोर से मरते हुए ,स्टार्ट कर चल देता है ,आरिफ भी पीछे पीछे दौड़ा-राजा मुझे छोड़ के ऐसी न जा किसी कदर गिरते पड़ते गाड़ी के पीछे बैठ पाया।

18.

आरिफ चलते चलते- तुझसे मेरी खुशी देखी नहीं जाती।

रमेश- दिन भर नौटंकी मत किया कर, अभी बहोत काम निपटाना है, पहले शादी का कार्ड ले लें।गाड़ी सीधा प्रिंटिंग प्रेस वाले की दुकान पे

जाकर रुकी,

शादी का कार्ड देख कर आरिफ बडा खुश होता है,-मुझे ये डिजाइन बहोत अच्छी लगी,मै भी ऐसा ही कार्ड छपवाउंगा।

रमेश - हां हां छपवायेंगे शादी तो फिट हो जाये। अभी तो ना तेरी दुल्हनिया राजी ना तेरा ससुर....बडे पापड बेलने पडेंगे।

शादी के कार्ड और बांकी जरूरी काम निबटाते निबटाते शाम होगई, दोनो घर लौटने लगते हैं।

लौटते वक़्त रमेश मजाकिया लहजे में - बडा कडा वाला प्यार है, इस चंपा चमेली से।

आरिफ -यहां भडास निकालने आता हूं।

दोनो ठहाका लगा के हंसने लगते हैं।

रमेश गंभीर होते हुए-कल ही तेरे अब्बू का पर्चा भरवाते हैं, देखते है ऊंट किस करवट बैठता है।

19.

दोनो बात करते-करते आरिफ के अब्बू की दुकान पे जा पहुंचते है।

रमेश -चाचा छोडो ये सलवार कमीज सिल लिया जितना सिलना था, अब तो अचकन लगा के घूमने का समय आ गया है।

बेग साहब - कुछ समझा नहीं।

रमेश -आप को चुनाव लडना है कल उसका पर्चा भरने चलना है तैयार रहियेगा।

बेग साहब के मुरझाये चेहरे पे मुस्कान बिखर गई - क्या बात कर रहे हो बेटा मैने सपने में भी नहीं सोचा।

रमेश - जिन्दगी है कब किसको कहां किस मोड पे ले जाये क्या पता, बस ये समझ लो दुख के दिन अब लगने वाले है।

बेग साहब की हँसी ही नहीं बंद होरही थी हँसते उन्हें लगा बच्चे है ,मज़ाक कर रहे है -मौलवी साहब से मार पड़वाओगे।

रमेश- मौलवी की चिन्ता आप छोड दीजिए जो भी होगा हम मैनेज कर लेंगे,तो बस सिर्फ एक बढिया सा चोला और चोंगा पहन कर खडे हो जायेंगे, वोट आप को ही मिलेगा।

आरिफ अपने अब्बू के कंधे पर हांथ रखते हुए- मेरे प्यारे अब्बाजान ये मजाक नहीं है,समझ लो खुदा की यही मर्जी है, जो भी होगा देखा जायेगा।

बेग सहाब ,भोले भले इंसान दीन-दुनिया से बेखबर ,उन्होंने सोचा ये नए ज़माने के लड़के है पढ़े लिखे जो भी कह रहे होगे ठीक ही होगा - जैसा तुम लोगो को सही लगे, मै तो यही कहूंगा ये तुम लोगो का लडकपन है, तुम लोगो को अभी इन चीजो की समझ नहीं है।

रमेश- चाचा जिन्दगी में अनुभव उमर गुजारने से नहीं सिखने से आता है, और मैने पढाई और लडाई दोनो की है।

बेग साहब - फिर भी मौलवी जी और शंभूनाथ से दुश्मनी मोल लेना ठीक नहीं होगा।

रमेश - आप को क्या लगता है मौलवी जी को हिन्दुओं के वोट मिलेंगे, और शंभूनाथ को मुसलमानों का वोट?

बेग साहब - हां ये बात तो है।

रमेश -और आपको हिन्दुओं के और मुसलमानों के भी मानते हो कि नही।

बेग साहब के चेहरे में तसल्ली के भाव आये- हां ये बात तो है, हमारे लिए तो सब बराबर है हम इन्सान पहले हैं बांकी चीजे बाद में, हमारा किसी से बैर नहीं हिन्दू मिले तो राम-राम, मुसलमान को सलाम ।

रमेश -बस तो फिर क्या आप को यहीं तो करना है बांकी चीजे हम पर छोड दीजिए।

बेगसहाब -लेकिन मुझे जनता कौन है ,इतने बड़े छेत्र में ?

रमेश -नहीं जानते तो जान जायेंगे।

20.

रात बाहर बरामदे में विशंभर नाथ और निर्मला देवी आपस में बाते कर रहे थे-

चलो बेटी की शादी हो जाये समझो चारो धाम हो गये, एक बाप के लिए बेटी की शादी से बढकर कोई काम नही होता, भारती की हो जाये फुरसत हो जाऊं।

निर्मला देवी- काहे बेटे का ब्याह नहीं करना ?

विशंभर नाथ - कौन सा बारात घर आनी है।

निर्मला देवी- लडका हो या लडकी आज कल तो सब में उतना ही टीम-टाम करना पडता है।

विशंभर नाथ- क्या टीम-टाम, सिर पे साफा बांध कर पहुच जायेगे समधी बन कर, बारातियों को भूसे की तरह भर देंगे, बडे ही सधे ढंग से करना है ज्यादा दिखावा, हवा-हवाई, शो बाजी दुनिया भर खैरात नहीं बांटना।

निर्मला देवी- कोई लडकी देखी रखी है या मन में ही लड्डू फोड़े जा रहे हो।

विशंभर नाथ गंभीर मुद्रा में- लडकी तो है जान में लेकिन बात जम जाये तो कहो।

निर्मला देवी उत्सुकता से - कौन है, क्या करती है, एक साथ कई सवाल कर डाले।

विशंभर नाथ - अपने पुराने परिचित हैं नारायण सिंह शहर के जाने-माने वकील हैं, फौजदारी के सबसे बडे वकील समझ लो वही हैं , उनकी जिरह सुनकर तो जज भी घुटने टेक देता है।

निर्मला देवी - लडकी क्या करती है ये तो बताओ।

विशंभर नाथ- लडकी अपने रमेश से बस चार-छः महीने की आगे-पीछे की होगी, हाल ही में केस के सिलसिले में जाना हुआ था, जिरह के समय तो धडा-धड ऐसा बोलत है कि विपक्षी वकील की घिग्घी बंध जाती है... लेकिन व्यक्तिगत रूप से बडे ही सज्जन, नर्म स्वभाव के हैं।

निर्मला देवी - दुनिया भर का भाषण दे दिया लडकी क्या करती है ये बताओ ?

विशंभर नाथ- सबर करो बता रहा हूं ,रूपा नाम है यथा नाम तथा गुण, बडी ही सुन्दर शुसील मालुम पडती थी लेकिन ये रिश्ता आसान नहीं है,कहां वो कहां हम।

निर्मला देवी - सब कुछ धन-दौलत रूपया -पैसा थोडे ही होता है।

विशंभर नाथ - करोडपति आदमी है ऊपर से बेटी डाक्टरी भी कर रही है।

निर्मला देवी - हामारा रमेश भी कम थोडे ही ना है, लाखो में एक है, अब तो पढाई भी पूरी कर ली है,नौकरी तो फट से मिल ही जायेगी।

विशंभर नाथ खीजते हुए- नौकरी तो ढोर भी करता है नौकरी-नौकरी में अंतर होता है, उनको हीरा चाहिए, हमारे जैसो लोग तो उनके दरबान में दिन भर बैठे रहते हैं।

निर्मला देवी- बैठे रहते होंगे लेकिन हमारा रमेश भी कोई छोटी-मोटी नौकरी थोडे ही करेगा, किसी बडे महकमें में अफसर बनेगा।

विशंभर नाथ -अपनी औलाद तो सब को सोना ही लगती है, लकिन सोने की कीमत जौहरी ही जानता है, और वो किसी जौहरी से कम नहीं, इसलिए मैने सोचा है , रमेश को ही शादी का निमंत्रण देने उनके घर भेजूं , देख परख लेंगे, वो भी लडकी देख लेगा, क्या पता रमेश पसंद आजाये, बातचीत में निपुण तो है ही दिखने मे भी ... चुटकी लेते हुए - बिल्कुल मुझ पर ही गया है... इतना कहते ही उनके मुंह से हंसी फूट पडी।

निर्मला देवी मुंह बनाते हुए - हां हां तुम तो बहुतै सुन्दर हो, कौवा भी शर्मा जाए तुम्हारी सुन्दरता देख कर।

विशंभर नाथ - जलो मत जवानी में मेरे ठाठ ही कुछ और थे, रमेश भी कुछ नहीं है, मै वो क्या कहते हैं अंग्रेजी में हैंडसम, स्मार्ट लडका था ।

दोनो की नोक-झोंक चल ही रही थी कि रमेश और आरिफ आ गये ,रमेश - कौन है मुझसे ज्यादा हैंडसम और स्मार्ट मै भी तो जानूं।

निर्मला देवी- और कौन ...बूढी घोड़ी लाल लगाम,कहते है एक और शादी करूँगा...बुढापे में भी दिल्लगी करने का मन करता है।

रमेश - कौन बूढा, बूढे हमारे दुश्मन, पापा आप तो अब भी जवान और हैंण्डसम हो, बाल काले कर लें, थोडा बन-सवर जायें, जीन्स-वींस पहना कर फोटो शादी डॉट काम में डाल दूँ फिर देखो कल से रिस्ता आना सुरु।

इतने में आरिफ बोल पडा - दिल बहलाने का ये ख्याल अच्छा है गालिब, तारीफ करो झूंठी ही सही, हां चाचा जी आपसे हैण्डसम लौडा तो गांव भर में नहीं हैं बस करूं या और आंगे कुछ तारीफ में कहूं।

विशंभर नाथ अपनी त्यौरियां चढाते हुए- तुम्हारी जुबान ही काली है ,जब भी बोलोगे उटपटांग ही बोलोगे।

निर्मला देवी -ठीक ही तो कहाँ कौए को कौए ही कहेगा।

विशंभर नाथ - चलो छोंडो इन बातों में क्या रखा है, जो सामान लिखाया था वो सब आ गया,

कार्ड तो दिखाओ देखूं तो कैसा छपा है, उसकी दुकान में जो कार्ड सबसे मंहगा था वही छपवाने के लिए दिया था।

विशंभर नाथ कार्ड देखते हुए- अच्छा है, अब एक काम करना, कल से ही भिड जाओ, सभी रिश्तेदारों के यहां बांटना शुरू कर दो, अब दिन ही कितने बचे ।

रमेश - सब हो जायेगा आप फिकर ना करें...पापा , आरिफ के अब्बू चुनाव लड रहे है आपको क्या लगता है।

विशंभर नाथ इतना सुनते ही - तुम यहां बहन की शादी करवाने आये हो कि नेतागीरी करने, खुराफात के अलावा तुम्हे कुछ नही सूझता, शादी करवाओ और चुप-चाप कहीं अच्छी सी नौकरी देखो, यहां रहोगे तो यही सब करोगे, लडकपन जितना करना था कर लिया, अब काम धंधे में लग जाओं, जिसको जहां लडना है लडता रहे।

रमेश - आप तो हर समय बस अपने फायदा ही देखते हैं।

विशंभर नाथ - हां देखता हूं, बेटा गलत राह पर जाये तो पिता का कर्तव्य है कि उसे सही राह पर ले आये।

रमेश - आप समझ नहीं रहे हैं मुझे पता है क्या सही है क्या गलत, अपने साथ-साथ समाज का भी तो ख्याल करना है।

विशंभर नाथ बिफरते हुए - हां समाज के एक तुम्ही ठेकेदार बचे हो जो समाज हित में सोचते हो जो जीतेगा वो भी समाज का काम करेगा, सिर्फ तुम्ही को समाज की फिकर नहीं।

रमेश - तो आपको क्या लगता है, शंभूनाथ और मौलवी जी और जो छूट भैये लड़ रहे है ,ये समाज का विकास करेंगे।

एक गंदी मछली सारे तालाब को गंदा कर देती है, अब तक तो किसी ने हमारे छेत्र का विकाश न किया,किसी ना किसी को तो आगे आना ही पडेगा,जो सबका हित सोचे सब केलिए काम करे।

विशंभर नाथ- बडा आया नेता ...वो जमाना रवाना हो गया, जब इंकलाब जिंदाबाद कहने से नेताओं के पीछे पीछे जनता भागती थी, अब जनता नोटों के पीछे पीछे भागती है .... पैसा खर्च करो चुनाव जीतो।

रमेश - आप तो ईमानदार हैं ना... जो वोट देने के लिए पैसा नहीं लेते ... ऐसे ही और भी लोग होंगे ?

विशंभर नाथ - जाओ जो करना है करो... दिमाग मत चाटो।

रमेश - अच्छा काम कर रहा हूं.... शराब पी के मुन्ना की तरह चैहट्टे पे नहीं बैठ रहा हूं।

निर्मला देवी टोंकते हुए - लडे कोई जीते कोई ... आपस में मरे जा रहे हैं... बाप बेटे।

भारती अंदर से बडे ताव में आई- तब से सुन रही हूं ... तू ही लडले चुनाव बन जा नेता ... पापा ये आज कालेज गया था ... उस सर्वेस से मार पीट करने।

विशंभर नाथ गुस्से में खडे होते हुए - जाओ जो करना करो कुलमूतन पैदा किया है... भोगना तो पडेगा, बेटी की शादी कर के फुरसत हो जाऊं,जेब में जब चवन्नी ना होगी तो कोई घर में बैठने के लिए भी ना पूंछेगा।

आरिफ मामला गर्म देख निकलना ही बेहतर समझा कौन बाप बेटे के झगडे में पड़े , करेगा ये अपने मन की ही निर्मला देवी और विश्वंभरनाथ भी अंदर चले गए दोनों बहन भाई आपस में घंटो लड़ते रहे।

19.

नारायण सिंह शहर के जाने माने वकील हैं भला उनके घर का पता कौन नहीं जानता था, बिना भटके आरिफ और रमेश कार्ड देने उनके बगले पे पहुँच गए। घर क्या वो तो आलीशान सफ़ेद संगमरमर से बना महल था ।

पूरे भवन में तरह-तरह की प्राचीन नक्काशी, तरह-तरह के डिजाइन लोहे का बडा सा गेट, अंदर गार्डेन, फूल, पेंड़-पौधे शोभा में चार चांद लगा रहे थे।

आरिफ की तो आंखे फटी की फटी रह गई, चौकीदार गेट पर ही खडा था ...क्या काम है?

रमेश - नारायण सिंह जी से मिलना है ।

चौकीदार - दोपहर में नहीं मिल सकते शाम को आना।

2-3 मिनट हील-हुज्जत करता रहा बडी मुश्किल से अंदर जाने दिया, अंदर से तो नजारा और भी देखने लायक था, मखमली घांस, फूलों से सजी क्यारियां, माली फूलों को पानी से सींच रहा था।

आरिफ - भाई मैने तो ऐसा महल फिल्मों में ही देखा, आज आंखो से देख रहा हूं, मुझसे अच्छा तो ये चैकीदार है, जो दिन भर इन खूबसूरत नजारों को देख कर मन बहलाता रहता है।

पूरी फिजा फूलों की खुशबू से सराबोर है, ऐसा लगता है जन्नत है।

रमेश -सो तो है...मोटे आसामी है लगता है, गरीबो को लूट बेड़ के बनाया होगा।

आरिफ -और क्या ... ऊपर वाले की माया कही धुप तो कही छाया ।

इतने में एक आदमी अंदर से आया, काली कोट में था असिस्टेंट लग रहा था, कौन हो भाई यहां खडे क्या कर रहे हो, क्या काम है बोलो।

रमेश - वकील साहब से मिलना है कुछ जरूरी काम है।

आसिस्टेंट- जरूरी काम है तो शाम को आना, साहब खाली नहीं हैं।

रमेश - अपना परिचय देते हुए, विश्वंभरनाथ मेरे पिताजी हैं, उन्हीने भेजा है, बहन की शादी है, निमंत्रण देने आया हूं।

असिस्टेंट -विशंभर नाथ के बेटे हो ...अच्छा आओ फिर अंदर ।

अंदर एक बडे से हाल में बैठा दिया, एसी की हवा में बैठते ही आरिफ - मुझे लगता है मै यहीं पर पसर जाऊं।

रमेश चुप कराते हुए -आगे पीछे देख लिया कर।

असिस्टेंट बैठाकर अंदर चला गया।

5-10 मिनट हो गये ना तो वो असिस्टेंट दिखा ना ही नारायण सिंह बाहर आये। आरिफ से बैठे ना रहा गया, भाई मै तो अब ना बैठ पाउंगा, यहां बैठे रहने से अच्छा है बाहर फूलों की खुशबू ले आउं।

रमेश - बैठा रह चुप चाप ये कोई पार्क, गार्डन नहीं...किसी का घर है ...हम उन्हे नहीं जानते और वो हमें नही जानते, कार्ड देते है और चुप चाप निकलते हैं।

आरिफ - भाई तू देना कार्ड मैने कहा मना किया है... मै टहल के आता हूं।

रमेश - खीजते हुए जाओ जहां जाना है, कुछ उल्टा सीधा यहां तो बिल्कुल भी मत करना ।

21.

आरिफ टहलते हुए बाग से एक गुलाब का फूल तोड लेता है।

पीछे बालकनी से कोमल मधुर आवज आई- how dare you to pluck the flower? What are you doing here ? who the hell are you?

आरिफ - इधर-उधर देखते हुए .... कोयल ने कूक लगाई .... कहां से आयी ये आवाज बालकनी की तरफ नजर गई, रूपा को देखते ही आंखे ठहर जाती है, छरहरे बदन की एक खूबसूरत लडकी, अंग्रेजी में कहें तो शायद जीरो सइज इसी को कहते हैं ।

शरीर का एक भी अंग ना कम ना ज्यादा सब कुछ नपा तुला जालीदार टॉप, कमर से चिपका टाइट जीन्स, जो जवानी छिपा कम दिखा ज्यादा रहा था।आरिफ को कुछ कुछ सूझ ही नहीं रहा था कि क्या

बोले।

इतनी अंग्रेजी सुनकर ...ये लडकी अंग्रेजी में कौन सी गाली दे रही है, फूल ही तोड लिया कौन सा गुनाह कर दिया बिना कुछ बोले देखता रह गया।

रूपा - हे मिस्टर ...इशारा करते हुए...

आरिफ - मोहतरमा आपकी अंग्रेजी तो समझ ना आई, हां इतना जरूर पता है फ्लावर मतलब फूल होता है ब्यूटीफुल फ्लावर इसलिए तोड लिया।

रूपा – You don't have any manners ?

आरिफ - मैडम लगता है आपसे हिन्दी नहीं आती ,मुझसे अंग्रेजी तो बिल्कुल नहीं आती।

रूपा - तुम हो कौन? यहां पर क्या कर रहे हो ? बिना पूंछे फूल क्यों तोडा ? आया समझ में।

इतने में रमेश आ जाता है, आरिफ की ओर लपका क्या हुआ क्या कर दिया तूने।

आरिफ - अच्छा हुआ, तू आ गया अब तू ही जवाब दे ,who are you...ये क्या बोल रही है समझ फिर मुझे समझा फिर मैं जवाब दूं। नजर टिकाते हुए ...।

रमेश जैसे ही पलट कर देखता है, उसका भी दिमाग चकरा जाता है ।

रूपा,रमेश का ध्यान तोडते हुए,-अब तुम कौन हो ?

रमेश - अब तक तो रमेश था।

रूपा - रमेश हो या सुरेश बिना पूंछे फूल क्यूं तोडा, यहां आने की परमिसन किसने दी ?

रमेश - कुछ जरूरी काम है, इनसे अगर कोई गलती हुई हो तो माफी चाहूंगा।

आरिफ - तू माफ़ी क्यों मागेगा,गलती मेरी मै ही माफ़ी मागूंगा ...जी आप मुझे जो सजा देना चाहे दे ...उफ़ तक न करूँगा इस फूल के बदले जान देने को तैयार हूँ।

रूपा –Get out from here...माली की तरफ इसारा करते हुए -बाहर करो इन्हे खड़े खड़े तमाशा देख रहे हो ।

आरिफ -ये तो आप मुल्जिम को बिना सजा दिए छोड़ रही है मुझे सजा दीजिये।

रमेश –Sorry for that...हम खुद ही चले जायेंगे।

आरिफ - अंग्रेजी बोलने से कोई समझदार नहीं बन जाता... चल भाई ...ये लो मैडम अपना फूल जहा देखो फूल ही फूल।

रमेश,आरिफ का मुंह बंद कराते हुए- बस इसके आगे कुछ कहने की जरूरत नहीं ।

कुछ देर बाद नारायण सिंह अपने क्लाइंट के साथ बाहर निकले, उन्हे विदा किया,

रमेश को देख कर-धुप में बाहर क्यों खड़े हो आओ अंदर।

रमेश और आरिफ अंदर की ओर जाने लगे, नारायण सिंह- माफी चाहूंगा देरी के लिए, विशंभर नाथ जी के सुपुत्र हो, एक ही हो ना?

रमेश - जी हां एक बहन भी है, जिसकी शादी इसी शुक्रवार को होनी है।

नारायण सिंह - चलो अच्छा हुआ, बडे परेशान थे तुम्हारे पिता जी बेटी की शादी को लेकर।

रमेश - जी सब ईश्वर की कृपा है।

नारायण सिंह - जहां शादी हो रही है वो भी हमारे परिचित ही हैं, बडा अच्छा परिवार है, तुम्हारी बहन बहुत सुखी रहेगी।

नारायण सिंह आरिफ की तरफ इशारा करते हुए, आप की तारीफ

रमेश - जी ये मेरा फ्रेन्ड है।

नारायण सिंह - चलो अच्छी बात है आओ अंदर, खाना-वाना खा के आराम से शाम तक जाना, बाहर तो बडी लू चल रही है।

रमेश कार्ड देकर निकलना तो चाह रहा था लेकिन सोचा थोडी देर और ठहर लिया जाये तो शायद इनकी बेटी से जान पहचान हो जाये, फिर दोबारा आना हो या ना हो।

दोनों को अन्दर ले गये, नारायण सिंह ने अपनी बीबी सुमन देवी से परिचय करवाया, भोजन का प्रबंध करने के लिए कहा, रूपा कहां है दिखाई नहीं दे रही।

रूपा छत से नीचे आते हुए दिखी-बेटा इधर आना।

रूपा - हां पापा क्या है?

नारायण सिंह गर्वित स्वर में रूपा का परिचय करवाते हुए- ये मेरी बेटी रूपा है एम.बी.बी.एस. कर रही है।

रमेश - हाई रूपा मेरा नाम...

रूपा - पता है बताने की जरूरत नहीं है तुम्हारा नाम रमेश है।

आरिफ - बीच में ही रोकते हुए, जी मेरा नाम आरिफ है।

नारायण सिंह - रमेश को तुम जानती हो ?

रूपा - हां पापा अभी-अभी जाना ये जो बैठे है, बिना पूंछे ही फूल तोड रहे थे।

नारायण सिंह - कोई बात नहीं बेटा फूल ही है।

रमेश अपना इंप्रेशन जमाने के लिए जोक मारता है - जी अंकल ये भी फूल ही है....

नारायण सिंह जोर-जोर से हंसले लगे ।

आरिफ मन ही मन साला मेरा जोक मुझे ही चिपका रहा है।

रूपा - और तुम कूल ये कहकर मुंह बनाते हुए चली गई।

नारायण सिंह - तुमसे तो पूंछना ही भूल गया... करते क्या हो।

रमेश - जी इसी साल मकैनिकल से बी ई कम्प्लीट किया है।

नारायण सिंह - गुड वेरी गुड आगे क्या प्लानिंग है।

रमेश -ये सब निपट जाये फिर इसके बाद तो जॉब ही करना है।

नारायण सिंह - एक्सीलेंट, बहुत अच्छा है, अच्छा काम करो।

खाने-पीने का कार्यक्रम हुआ रमेश ने सपरिवार सब को शादी में आने के लिए आमंत्रित किया। रूप को निगाहें ढूंढती रही लेकिन कहीं नहीं दिख रही थी।

22.

रमेश दर्जनों लोगो को इकठ्ठा लेकर बैंड-बाजे के साथ आरिफ के अब्बू का पर्चा निर्दलीय उम्मीद्वार के तौर पे भरवा दिया। ये बात मौलवी जी

को पता चली, सीधे बेग साहब की दुकान अपने चमचों की लस्कर लेकर पहुँचते ही इलियाश बेग पर पिल पड़े ।

मौलवी जी - इलियास भाई तुम्हे पता भी है क्या कर आये ...ये चुनाव है वो भी विधायकी का ...सरपंची का नही है। कपडे सिलने का काम नहीं है , किसी के बहकावे में ना आना।

बेग साहब- मै कुछ समझा नहीं।

मौलवी जी - इतनी मालूमात हमें भी है ये किसकी कारगुजारिश ...तुम इनके चक्कर में नही पडो तो बेहतर।

बेग साहब सकपकाते हुए- ऐसी कोई बात नहीं, मैने तो इन बच्चों की जिद थी कि भर दो होगा जो होगा,ये मजलूम आपसे दुश्मनी लेकर कहां रहेगा।

मौलवी जी - जैसे पर्चा भरा है वैसे ही वापस लेलो, मै भी चल दूंगा साथ में, रमेश की तरफ इशारा करते हुए-ये हमारे दीन का आपसी मामला है...तुम दखलंदाजी न ही करो तो बेहतर ,समझे ?

रमेश - चुनाव में दीन कहां से आ गया, ये भी बता दीजिए ?

मौलवी जी - तुम बस इतना समझ लो हमारे लोगो को भडकाआगे, चुनाव लडने का इतना ही शौक है तो खुद लड जाओ ?

आरिफ - दीन की बातें करते हैं करते कुछ भी नहीं।

मौलवी जी - मैने क्या किया? मैने बहुत कुछ किया, और आगे भी करूंगा, इसलिए तो चुनाव लड रहा हूं।

रमेश - बहुत कुछ किया, अब एक काम और कर दीजिए, आरिफ का निकाह अपनी बडी बेटी आसिमा के साथ कर दीजिए... नामंकन अभी फ़ौरन वापिस लेले ये ।

मौलवी जी , बेग साहब की तरफ हवा में हाँथ उछालते हुए - तो ये बात है मै तो कुछ और ही समझा घर में खाने को लाले ख्वाब आसमानो के।

आरिफ - इसमें गलत क्या है,अशिमा का निकाह मेरे साथ करवा दीजिए, खुदा कसम,जान से भी ज्यादा ख्याल रखूँगा ।

मौलवी जी तैस में आते हुए- तुम्हारी औकात क्या है, दो कौड़ी का मकैनिक मेरी बेटी से निकाह करोगे?

रमेश - अब आप आगये अपनी औकात में... जाइये पर्चा वापस नहीं लेते जो करना है कर लीजिए।

मौलवी जी, बेग साहब को धमकाते हुए - तुमको ये दुश्मनी भारी पडेगी कौम से बेदखल ना करवा दिया तो कहना, फिर कोई काफिर साथ ना आयेगा।

आरिफ - जुबान में लकवा ना मार जाये कहीं, अभी तो वोटिंग को महीनों हैं।

मौलवी - तुम्हारी जुबान खींच लूंगा।

मौलवी जी के चमचे जैसे ही आगे बढे आरिफ लोहे की बगल में पड़ी रॉड उठाते हुए ...तुम सबकी यही कबर न खोद दूँ, मौलवी जी उन्हें डपटते हुए चलो पीछे अभी चुनाव का समय बाद में निपट लेंगे ।

आरिफ - आप खां मा खां अपना बी.पी. ना बढ़ाये, चुनाव से पहले ही अल्ला को प्यारे हो जायेंगे।

मौलवी जी - तुम दोनो बाप-बेटे की वो हालत करूंगा कि मुंह दिखाने के काबिल नहीं रहोगे, रमेश की तरफ इशारा करते हुए... और हां क्या नाम तुम्हारा...

रमेश - रमेश सिंह आप चिन्ता ना करें ये नाम अब आपके दिमाग में चैबीसों घंटे घूमता रहेगा।

मौलवी जी , हांथ झटकते हुए- देख लूंगा तुम सब को" कहते हुए वहां से चले गये।

आरिफ - ये ठरकी बुढ्ढा कभी नहीं मानने वाला।

रमेश - मानेगा क्यूं नही अब उंगली टेडीं करने का समय आ गया है, अब एक साथ मैदान में दो दुश्मन है,बेग साहब से- चचा जान आप फिकर ना करें...धुंआधार प्रचार का समय आ गया है।

23.

रमेश की बहन की शादी वाले दिन, शिवपूजन बहुत खुश था सुबह से ही नहा-धोकर नये कपडे पहन कर तैयार होने लगा, जो भारती की शादी मे पहनने के लिए ही बनवाये थे। फूल, शिवपूजन को सजने सवरते देख कर।

फूल - भैया सज तो ऐसे रहे हो जैसे तुम्हारा ही तिलक होने वाला हो।

शिवपूजन -अपने दोस्त की बहन की शादी है और क्या गरीबी तो चैबीसों दिन है ।

फूल - तुम्हारी भी शादी हो जाये तुम भी रोज खुश रहोगे, मेरा भाई इन कपडो में इतना सुंदर लग रहा है कोई भी लडकी लट्टू हो जाये।

शिवपूजन -चल ज्यादा मस्का मत लगा, शाम को तू भी वो नया वाला सलवार सूट जो लया हूं ...उसे पहनकर तैयार रहना, अम्मा को भी अच्छे से तैयार कर देना।

शिवपूजन की मां वसितिया गाय को सानी दे रही थी, दोनों की बातें सुनकर - मै कहीं ना जाउंगी, मुझसे चला ना जायेगा, ये फुलनिया आ जायेगी, और तू सुबह से काहे जा रहा है।

शिवपूजन - आज तो दुनियां भर का काम होगा अम्मा।

विसतिया - रोटी दो रोटी खये जा।

शिवपूजन - बासी रोटी थोडे ही खाउंगा आज तो मिठाई, रसगुल्ला, मालपुआ, तरह-तरह के पकवान खाउंगा।

अम्मा- हां, बडे बिहन्ने से रखा है, मिठाई, रसगुल्ला खाये जा रोटी दो रोटी ?

शिवपूजन - अम्मा तू फिकर ना खा लुंगा,आज तो बहुत काम है, अब जाने दे।

24.

रमेश का घर पूरा मेहमानों से भरा था, सुबह से ही तैयारी चल रही थी, टेंट वाले, हलवाई, सब समय से अपने काम में लग गये, ये सामान यहां

रखो, ये करो, वो करो विशंभर नाथ काम कुछ नहीं बस इधर से उधर ज्ञान देते फिर रहे थे।

घर की औरतो को तो खाली बिना काम के देख लेते तो बिन बदल बर्षने लगते मेहमानो को भी चार बात सुनते...नेवता है भोजन के लिए नहीं काम करने के लिए।

रमेश सुबह सुबह आराम से अभी जगा ही था बाहर जम्हाई लेते हुए खड़ा था।

विशंभर नाथ- कार्ड तो सभी के यहां दे आये हो ना, पता चले कोई छूट गया हो ?

रमेश - कोई नहीं छूटा, सब को दे दिया, आप चिन्ता ना करें।

विशंभर नाथ - चिन्ता तो तुम्हारी दिख रही है, नेतागीरी करते फिरते हो, घर के काम में तुम्हारा मन थोडे ही लगता है।

रमेश - कम से कम आज के दिन तो छोड दीजिए।

विशंभर नाथ -नारायण सिंह को सपरिवार आने के लिए बोला है ना ?

रमेश के दिमाग में तुरंत ये विचार आया हो सकता है रूपा ना आये एक बार पापा से कहलवा देता हूं-मैने कार्ड तो दिया था ये नहीं कहा कौन-कौन आयें।

विशंभर नाथ - दुनिया भर की बाते करवा लो इतना ख्याल नहीं आया जब कार्ड दिया तो कहना चाहिए सपरिवार पधारें।

रमेश- गलती हो गई एक बार फोन कर के आप ही कह दीजिए।

विशंभर नाथ ने नारायण प्रसाद को फोन कर अपने बीबी बच्चों को साथ आने को आमंत्रित किया।

इतने में शिवपूजन भी आ गया, विशंभर नाथ देखते ही -शिवपूजन बहुत अच्छा किया कि तुम आ गये।

जनमासा जहां देना है वहां की साफ-सफाई घांस हटाना है, फिर पानी डाल के पूरे खेत को बराबर करना हैं। आज तो बहुत काम है तुम ये काम निबटाओ फिर बताता हूं ...काम क्या करना है... ये कह कर चले गये।

रमेश और शिवपूजन आपस में बात कर ही रहे थे कि आरिफ भी आ गया।

आरिफ- क्या बात है मेरी बस कमी थी लो मै भी आ गया।

रमेश - बहुत अच्छा किया जो आ गया, जनमासे की घांस हटानी है लग जा काम में।

आरिफ - बानगी है दोस्ती हो या आशिकी, सिद्दत से गर याद किया तो जान भी हाजिर है।

आज ये बंदा तुम्हारा गुलाम है जो चाहे करवा लो।

शिवपूजन, मजाकिया लहजे में -शेरो शयारी का कुछ मतलब भी निकला या अइसे झुरय में।

आरिफ - फसल पे पड़ी नहीं की पत्थर पड़ गया...शिवपूजन को सजा धजा देख कर ,वो सब तो ठीक है शिवपूजन आज स्मार्ट दिख रहा है अब तेरी भी शादी करवाना है।

रमेश - पहले तू अपनी करवा ले फिर उसकी करवाना।

आरिफ - तू मेरी करवा दे मै इसकी करवा दूंगा।

पास में ही टेंट वाला टेंट लगाने का काम कर रहा था, तीनों की बाते सुनकर तंज कसते हुए - मरे जा रहे रडवे कोई लड़की मिल जाये तो...

आरिफ सुन लेता है - क्या कहा बे तूने...लडकी मिल जाए तो टेंटवाला - मैं तो कह रहा था जब शादी करना तो मेरा ही टेंट लगवाना।

अंदर से विशंभर नाथ आते हुए, रमेश पर बरसते हुए - तू ना खुद काम करता है ना किसी को कुछ करने देता... शिवपूजन पर चिल्लाते हुए -हो गया जो मैने कहा था आरिफ की तरफ इशारा करते हुए तुमसे तो कुछ कहना ही फालतू है।

टेंट वाले पर चिल्लाते हुए -तुम लोग तो करो रे...अंदर जाकरे औरतो पर चिल्लाने लगते है - मेक अप, फैसन , टीम टॉम बारात साम को आएगी ...क्या पहनोगी, तुम क्या पहनोगी ...तुम्ही लोगो की बारात आने वाली है ...लगा के लाली बैठ जाओ...

उधर रमेश, शिवपूजन से - तुम्हारा काम बस इन टेंट वालो की निगरानी रखना, बहार से जो भी सामान आये उसे रखवाना और ये जनमासे वाला काम किसी और से करवा लो।

आरिफ से -तैयार हो जाऊ फटा फट , नहीं सुन रहे हो अंदर मेरा ही गुस्सा उतारा जारहा है।

25.

इधर आरिफ और रमेश काम से शहर निकल गये , उधर विशंभर नाथ शिवपूजन को इधर उधर घूमता देख बिफर गये। तुम्हे क्या कहा था जनमासे की साफ-सफाई के लिए और तुम इधर-उधर घूम रहे हो।

शिवपूजन, संकोच बस- हां वो मै बस जा ही रहा था, ये कह कर घांस काटने चला गया।

शिवपूजन सुबह से खाली पेट घांस काटते, साफ-सफाई करते-करते दोपहर होगई, सब अपने काम में व्यस्त,किसी ने खाने की सुध तक ना ली खाया कि नहीं ...एक काम खतम हुआ तो दूसरा फिर तीसरा ,कुछ काम न दिखा तो ने भैंस के लिए कर्वी काटने के लिए लगा दिया।

शिवपूजन कर्वी काटते-काटते थक कर लस्त हो गया, मुर्छा आने लगी, कर्वी मशीन में हाँथ फस, खून की पिचकारी बह चली वहीं पर बेहोस होकर गिर गया, टेंट वाले ने शिवपूजन को जमीन में पडा देखकर अन्दर बताने के लिए भागा।

ठाकुर साहब आपके यहां जो लडका काम करता है वो बेहोस पडा है और खून भी निकल रहा है, हिल-डुल भी नहीं रहा, कहीं मर तो नहीं गया, चलके देख लीजिए।

विश्वंभरनाथ, निर्मला देवी, नाते-रिश्तेदार वाले सभी बाहर की तरफ भागे।

निर्मला देवी दूर से ही शिवपूजन को अचेत वहीं पडे देखकर- हे राम इसे आज ही मेरे दरवाजे पर मरना था ले जाओ रे इसे कोई अस्पताल।

विशंभर नाथ- तुम अपनी मनहूस जुबान बंद रखो" शिवपूजन को हिलाते हुए लाओ पानी लाओ जल्दी, मुंह मे पानी डाला, शिवपूजन, शिवपूजन, शिवपूजन होस में आते हुए, तब तक काफी खून बह चुका था।

हांथ को कपडे से लपेटा, नाते-रिश्तेदार मेहमान सभी आगये...हमारे दरवाजे पर ना मर जाये ले जाओ इसको, इसके घर छोड आओ, इक तो वैसे भी अपना खून बहाकर अपसकुन कर दिया।

टेंट वालो की तरफ इसारा करते हुए- लेजाओ इसको घर छोड आओ।

विशंभर नाथ ने एक टेंटवाले के साथ, शिवपूजन को उसके घर छोडने के लिए भेज दिया शिवपूजन के हांथ से खून लगातार रिस रहा था, टेंटवाला शिवपूजन को उसके घर के बाहर ही छोड कर जाने लगा।

शिवपूजन को इस हालत में देख विसतिया और फूल रोने लगे, शिवपूजन इस हालत मे नहीं था कि कुछ बता पाये, खून बहता ही जा रहा था।

विसतिया जोर-जोर से रोते हुए - हे भगवान का हो गया मेरे बेटे को अब का करी हो... बेढ़ परय या ठकुरबा के मूड़े ....मारि डारिस हमा लड़िका लै चला कोउ अस्पताल ?

फूल, टेंटवाले से एक साथ कई सवाल ,क्या हुआ ,कैसे हुआ ,क्यों ?

टेंटवाला - कर्वी काट रहा था,हाँथ फस गया ।

विसतिया ,बिलख बिलख कर रोते हुए - हे भगवान, अब का करी ,ले चल बेटा अस्पताल लै चल बेटा?

फूलन भी रोती हुई टेंट वाले से - जल्दी बैठाओ भैया गाडी में जल्दी से अस्पताल ले चलो?

टेंटवाला- मै ना ले जाउंगा, ठाकुर साहब ने यहीं तक छोंडने के लिए बोला था, मुझे टेंट लगाना है, मै ना जाउंगा ये बोल कर टेंट वाला चला गया।

26.

फूलन अपने आस-पडोस में दौडी सब से फरियाद करती होई जब तक किसी को लेकर पहुचती शिवपूजन ने दम तोड दिया था ।

विसतिया मुर्छीत होकर बेहोस हो गई, फूलन जोर-जोर से दहाडे मार कर रोने लगी ...मार डाला रे मेरे भाई को... भैया उठ रे मुझे पता था तू बिना खाए ही आ गया... भैया उठ देख गरम-गरम रोटी बनाई है, तू लडता है ना सूखी रोटी नोन मिर्च के साथ ना खाउंगा, देख आज तो सब्जी भी बनाई है।

तू मर गया तो हम लोग जी के क्या करेंगे, हमें भी अपने साथ ले चल, फूलन अपना सिर जमीन मे पटक-पटक के रोये जा रही थी पडोसी भी सांत्वना दे रहे थे।

बेचारे के घर में कोई मर्द नहीं बचा, एक ही लडका था, वो भी चला गया, जवान बिन व्याही बहन, इस बुढिया को अब कोई पानी देने वाला भी नहीं बचा घर में कोई मर्द नही था जो आग देसके, आस-पडोस वाले आग देने से कतराने लगे। आखिर फूल ने अपने भाई को मुखाग्नि दी।

27.

इधर विशंभर नाथ ने घर पे सब को सख्त हिदायत दे रखी थी कोई भी शिवपूजन का जिकर नही करेगा।

शाम होने से पहले रमेश और आरिफ सामान लेकर घर लौटते ही विशंभर नाथ से पूंछा समसान घाट में चिता जलते हुए दिख रही है कोई मर गया है क्या?

विशंभर नाथ - इतना बडा गांव है क्या पता कौन मरगय , कोरी, कोटवार, भंगी, चमार सभी तो रहते हैं मर गया होगा कोई। बात बदलते हुए- बारात चल दी है वहां से 1-2 घंण्टे मे पहुंच जायेगी।

28.

रात होते ही द्वार पूरी तरह से रोशनी से जगमगा उठा, घर की सभी महिलाएं एक से बढकर एक रत्न जडित साडी, जिनके पास जितना स्वर्ण आभूषण था पहनकर सजने सवरने में लग गई भारती को सजाने के लिए, शहर से मेकअप वाली को बुलाया गया था रमेश शेरवानी में लम्बा-चैडा, उंचा माथा, गोल चेहरा किसी फिल्मी हीरो से कम नहीं लग रहा था।

नारायण प्रसाद - अपनी पत्नी और बेटी के साथ, चार, पहिया से उतरे, रमेश बाहर सभी आगंतुकों के स्वागत -सम्मान में लगा था। रूपा को देखते ही रमेश का दिल खुशी से झूम उठा मानो उसके मन की मुराद पूरी होगई।

नारायण प्रसाद जी की तरफ लपका- आइये-आइये अंकल, नमस्ते आंटी, हाई रूपा...

आइये आप लोग उधर चलिए...

नारायण प्रसाद- नहीं अंदर नहीं बाहर ही ठीक है, यहां बढिया ठंडी-ठंडी हवा चल रही है, इन लोगो को अंदर ले जाओ।

रमेश ने जैसे ही रूपा की आंखो में आखें मिलाने की कोशिस की रूपा ने अपना मुंह फेर लिया।

रमेश- चलिए आंटी अंदर चलिए।

रमेश, भारती को आवाज लगाते हुए- भारती देखो तो कौन आया है, भारती रूपा को देख कर खुश होगई, उसे पता था पापा भैया की शादी रूपा से करना चाहते हैं।

भारती- अंदर आओ भा ... कहते कहते रूक गई, आंटी रूपा आप लोग अंदर आईये ना।

रमेश सब काम छोड कर रूपा और सुमन जी के स्वागत सत्कार में लग गया।

सुमन जी - बेटा तुम इतना परेशान ना हो, अपना ही घर है, हमे जो जरूरत होगी हम मांग लेंगे।

रमेश बार-बार रूपा की आंख से आंख मिलाने की कोशिस करता रूपा अपनी नजरे फेर लेती।

आरिफ अंदर आते हुए- भाई बाहर बारात आगई है, तू अंदर आंख मिचैली का खेल खेल रहा है... आंटी जी नमस्ते, रूपा जी नमस्ते, उस दिन फूल तोडने के लिए फिर से I am very sorry, आप कहें तो अपका फूल लौटा दूं यहां पर फूल ही फूल हैं।

रूपा - नहीं जी कोई जरूरत नहीं है आप दोनो हमें अकेला छोड दें, और कुछ करने की जरूरत नहीं।

रूपा,भारती को शादी के बाद की प्री एडवाइस देने लगी, रमेश और आरिफ दोनो बाहर आगये।

रमेश,रूपा को इम्प्रेस करने के लिए उसके इर्द गिर्द चक्कर काट रहा था उधर मुकुल और आरिफ आपस ऐसे घुलमिल गए जैसे सराब में बर्फ दोनों छत पर बैठ कर पी रहे थे ...स्टेज पर डीजे की धुन पर नाच गाना चल रहा था ।

मुकुल,आरिफ से -रमेश की सेटिंग तो जबरजस्त है ।

आरिफ - बड़ी तेज है घास भी नहीं डालती ...उधर देखो कैसे दुम हिलता घूम रहा है ।

मुकुल -चालू है साला सेट कर लेजायेगा ।

आरिफ -कोशिश तो कर रहा है देखो कब इंजेक्शन लगाएगी ।

मुकुल -तुम्हारी सेटिंग नहीं दिख रही ?

आरिफ -हमारी सेटिंग की अभी फिटिंग कहाँ हुई...उसी के इंतजार में तो हूँ ।

दोनों की आपस में बातें चल ही रही थी की रमेश छत पे आते हुऐ...ला जल्दी से दो पैग मै भी लगा लूँ काम बहुत है ।

मुकुल -दिख रहा है...दूसरो को ज्ञान बांटता है कुत्तो की तरह दुम हिलाता घूम रहा है ।

रमेश -कौन मै...वो मुझ पे लट्टू है ...पूंछ इससे ...दो पैग लगाने के बाद ...चलो अब डांस हो जाये ...

मुकुल -मुझे नागिन डांस आता है...

आरिफ -ठीक है मै सपेरा बन जाऊंगा ...

मुकुल और आरिफ दोनों नागिन डांस करने में मस्त पूरी तरह लोट पोट होरहे थे ,

लोग खड़े तालिया बजा रहे थे हूटिंग कर रहे थे ।

विशंभर नाथ, रमेश के पास आते हुऐ -तू यहाँ खड़ा तमाशा देख रहा है, आगे का कार्यक्रम बढ़वाओ ?

रमेश बिना देखे - ठीक है आप चलिए ...

विशंभर नाथ- क्या ठीक है ...मुकुल को लोट पोट डांस करता देख ये कार्टून तुम्हारा दोस्त है, इंदौर में तुम्हारे ऐसे ही कार्टून दोस्त है ?

आरिफ को ...ये तो है ही नौटंकी ...

मुकुल डांस करते करते रमेश को भी पकड़ कर लेगया रमेश खुद को छुड़ाते हुऐ ...

मुकुल- चल भी ना ...तेरी वाली की नजर ...वो देख तुम्हारी तरफ ही है ।

रमेश अपने पसंदीदा भोजपुरी गाने बजवाता है पसीना पसीना होने तक डांस किया।

रूपा देख कर मुँह बना रही थी रमेश करीब जा कर - लगता है आपको पसंद नहीं आया ।

रूपा ,अपना मुँह बनाते हुए- नाच न जाने आँगन टेढ़ा ।

रमेश- तो आप ही सीधा कर दीजिये ...जरा नाच के दिखाइए ...अपने लटके झटके हमें भी तो दिखाइए ?

रमेश अपने घर की बांकी लड़कियों की तरफ इसरा करते हुऐ हाँथ पकड़ कर रूपा का स्टेज पर ले गई ।

रूपा के स्टेज पर पहुँचते ही डीजे में गाना बजा ...तेरी अँखियों का ये काजल ...

रूपा ने अपने डांस से लोगो को दीवाना बना दिया ...सभी ने खुल कर तारीफ की , रमेश की तो रुपा की लचकदार कमर कमानी देख आहे निकल गई।

डांस ख़त्म हुआ रूपा अंदर जाने लगी रमेश पास से गुजरते हुऐ - अपने तो आज मुझे मार ही डाला ।

रूपा, अपनी जुल्फे टकते हुए -लोफर कही का ... कह कर अंदर चली गई।

तभी आशिमा मौलवी जी के साथ आती हुई दिखी आरिफ के चेहरे पे ख़ुशी की लहर दौड़ गई।

आरिफ- अब जाके आई बहार।

मुकुल निढाल कुर्शी में बैठा - मेरी तो उतर गई ...तुम्हारी लगता नहीं उतरी।

आरिफ आहे भरता हुआ- फिर नशा चढ़ गया ...इसकी तो हर अदा एक नशा है।

मुकुल की नजर आशिमा पर पड़ी - अच्छा तो ये है तुम्हारी सेटिंग ...19...20 ही है दोनों ...

26.32 .36 ...28..32...38 तुम्हारी वाली।

आरिफ - कमाल है इतना सटीक मेज़रमेंट तो मेरा बाप भी नहीं लगाता।

मुकुल,आरिफ की तरफ घूरते हुऐ- तुम्हारे पिता जी यही काम करते है ?

आरिफ - यही करते है ... मतलब उस तरह से नहीं दूसरे तरह से।

मुकुल -अच्छा है ,बेटा नम्बरी, बाप दस नम्बरी।

विशंभर नाथ ,मौलवी जी का स्वागत करते हुऐ – आइये, आइये।

मौलवी जी चेहरे पे मुस्कान बिखेरते हुऐ अदब के साथ आदाब किया-

अल्लाह आपको हर ख़ुशी से नवाजे बेटी ने कहाँ अब्बू आप भी चलिए ...मैंने कहाँ तुम्हारी दोस्ती से ज्यादा पक्की हमारी दोस्ती है, चुनाव का टाइम है कितनी व्यस्तता है आपको तो पता है...फिर भी मैंने कहाँ मै तो चलूँगा ही, सिंह साहब चाहे भले ही अपने दरवाजे से बैरन कर दे।

दोनों हॅसने लगते है विशंभर नाथ- आप भी ना, बहुत अच्छा किया ...चलो बेटी अंदर चलो ...

इतने में बेग साहब भी अपनी सायकल किनारे खड़ी कर आते हुऐ ,मौलवी जी और विशंभर नाथ को आदाब किया ,दोनों ने अपना मुँह फेर लिया जैसे सुना ही नहीं। आरिफ को ये देख बुरा लगा मुकुल से -साला पैसे के आगे इंसान इंसान नहीं ,कुत्ते की दुम होगया।

मुकुल -एक बार सेट कर लो फिर तो ये तेल भी लगाएंगे ?

रमेश ,बेग साहब को दूर से ही देख कर - आओ चचा,ससम्मान मौलवी जी की कुर्शी के बगल में ही बिठाते हुए।

आशिमा जैसे ही अंदर जाने को हुई।

मुकुल -जा भाई तेरी वाली अंदर जा रही है।

अंदर गैलरी में आरिफ आशिमा के करीब से गुजरते हुऐ -

आप आये बहार आई ,चांदनी रात ,चुनरी ओढ़ मुस्कुराई।

आशिमा अपनी चुनरी सर पे डालते हुऐ -अब्बू यही है , बुलाऊँ तुम्हारी शेरो शायरी यही निकल आएगी ?

आरिफ ,आह भरते हुऐ - ऐ बेरहम दिल मुझ पे तरश खाये ?

आसिमा -इश्क़ पागल और तू भी पागल। इतना कह कर मुँह बनाते हुऐ जाने लगती है।

आरिफ फिर एक शेर पढ़ते हुऐ ...

इत्र की खुसबू कही भी पड़े महक छोड़ जाती है... "आशिमा तब तक भारती के कमरे तक पहुँच चुकी थी ,अंदर चली जाती है। आरिफ ,मन मसोसते हुऐ -साला कोई शेर सुनने को तैयार नहीं।

29.

कार्यक्रम प्रगति पर था सब बरातिओं के स्वागत में थे ...

देर रात सर्वेश भी मुन्ना के साथ आया, आरिफ देखते ही बिखर गया दोनों के बीच बहस ...तू तू मै मै हुई, बीच बचाव में विशंभर नाथ आये आरिफ को ही फटकार लगाई ।

आरिफ, रमेश की ढूढ़ता हुआ अंदर पहुँचा रमेश लड़कियों के बीच बैठा गप्पे हाँक रहा था ।

आरिफ - भाई सर्वेस आया है, घर का मामला है अपने घर में शादी है नहीं तो उसका मुंह तोड देता।

रमेश - टेंशन मत लो, आगे मौके ही मौके मिलेंगे,

गर्मी का मौसम है जाओं उसको सरवत वगैरह पिलाओ।

जयमाला के लिए एक बडा सा खूबसूरत मंच बनवाया गया था, सभी बारी-बारी से वर-बधू को आर्शीवाद देने गये, रमेश इंतेजार में था कि कब रूपा ऊपर मंच पर जाये, रूपा जैसे ही ऊपर गई रमेश बगल में जा कर खडा होगया, कैमरा मैन को इसारा किया, जल्दी-जल्दी फोटो खींचो, रूपा मुंह बनाते हुए, धीरे से तुम जैसे लडको को मै घांस नहीं देती।

रमेश - कोई बात नहीं मै घांस नहीं खाता।

रूपा - तुम मेरा पीछा करना छोड दो ?

रमेश - जी मेरा इरादा तो साथ चलने का है।

रूपा मुंह बनाते हुए - सपना देखो।

रमेश - अच्छा ठीक है स्माइल तो करिये, नहीं आपकी फोटो खराब हो जायेगी।

सर्वेस - रूपा को देखकर उस पर लट्टू होगया ,मुन्ना से- टंच माल है, फील्डिंग जमानी पडेगी।

जयमाला होने के बाद खाने का कार्यक्रम शुरू होगया, बफर सिस्टम था, सभी अपनी-अपनी प्लेट लेकर धक्का -मुक्की चालू कर दिये।

भीड देख कर रूपा ने सोचा कुछ देर इंतजार ही कर लेती हूं, रूपा की खाली प्लेट देख कर रमेश ने एक प्लेट में सभी स्वीट लेकर आता है।

रमेश- ये लीजिए कब तक आप ऐसी ही खडी रहोगी।

रूपा- आप को मेरी फिकर करने की कोई जरूरत नहीं, मै अपने हांथो से लेकर खा लूंगी। बाई द वे ...मैं मीठा नहीं खाती।

रमेश - खा लीजिए जुबान मीठी हो जायेगी।

रूपा -ज्यादा बकवास ना करो, यहां से दफा होजाओ।

रमेश - मेरा चलता है....कम से कम खाने का अपमान मत कीजिए।

रूपा ने प्लेट हांथों से लेकर थैंक्यूं ।

रमेश हंसते हुए - बस इससे आंगे और कुछ मत कहियेगा।

वहीं पर सर्वेस पहुच गया, हलो जी मेरा नाम सर्वेस है, तुमने तो अपने नये मेहमान से हमारा परिचय करवाया ही नहीं।

रमेश कोई जरूरत नहीं परिचय की।

सर्वेस - इंन्ट्रो तो बनता है।

रूपा उसकी शकल देख कर ही समझ गई ये लडका मवाली टाइप का है, वहां से चली जाती है।

सर्वेस - लडकी तेवर वाली दिखती है, तुम्हारी आइटम तो मस्त है, कौन है?

रमेश - घर आये कुत्ते को भी नहीं भगाना चाहिए ...गनीमत है कि तुम मेरे घर में हो... खाना खाओ और चुपचाप निकल लो।

रूपा और भारती रूम में दानो आपस में बाते कर रही थी।

रमेश भारती के रूम में अंदर जाते ही- लगता है तुम दोनो की बहुत जमेगी, काश ये दोस्ती रिश्तेदारी में बदल जाये।

रूपा - भारती तुम्हारा भाई एक नम्बर का लोफर है।

भारती- रमेश घर आये मेहमान को परेशान नहीं करते।

रमेश - एक बार आंखो में आंखे डाल कर तो कहिए जो कहना है।

रूपा गुस्से में रमेश को घूरते हुए - यू आर स्टुपिड...

रमेश - आपकी डिक्शनरी में लगता है, प्यार मोहब्बत के शब्द नहीं हैं ।

भारती रमेश को डांटते हुए - रमेश अब बहोत हो गया।

रमेश - जो कहने आया था वो तो भूल ही गया, अंकल आपको और आंटी को बुला रहे है, भारती तुमने वो काम किया जो मैने कहा था। हौले से इसारा किया फोन नंबर लेने के लिए रूपा भांप गई।

रूपा- मै अपना नंबर किसी ऐरे-गैरे को बिल्कुल भी नहीं देती, खास कर तुम जैसो को तो बिल्कुल भी नहीं।

रमेश - ठीक है मैडम मत दीजिएगा, लेकिन आप यहां आई इसलिए थैंक्यू सो मच।

रूपा - यू टू, भारती के गले लगते हुए इतनी अच्छी फ्रेन्ड से मिलाने के लिए।

रूपा, सुमन जी और नारायण प्रसाद जी दुआ सलाम करते ,सबसे मेल मिलाप करते अपने घर केलिए प्रस्थान किया।

रात भर शादी का कार्यक्रम चला, सुबह भारती को सभी ने अश्रुपूर्ण नेत्रों से विदाई दी।

30.

रमेश ने थोडा फुरसत की सांस ली, अच्छे से पूरा कार्यक्रम निपट गया, आराम करने के लिए लेटा ही था कि आरिफ रोते भागता हुआ आया, बाहर से ही आवाज लगाते हुए- रमेश रमेश गजब हो गया।

रमेश- क्या हुआ ऐसा क्या होगा रो क्यूं रहा है।

आरिफ- क्या बताउं तुम्हारे पिता जी ने उस गरीब की जान ले ली।

रमेश - साफ-साफ बताओं किसकी जान लेली ?

आरिफ - शिवपूजन की और किसकी।

रमेश के पैरों तले जैसे जमीन ही खिसक गई हो, सन्न रह गया, विशंभर नाथ को तो पहले से सब पता था ये आरिफ किसलिए आया है वो भी आ गये-

क्या फालतू बकते हो, मुझे क्या पता, मैने तो टेंटवाले को बोला था हस्पिटल ले जाने के लिए।

आरिफ - आप झूंठ बोल रहे हैं उस टेंटवाले ने सब कुछ बता दिया सुबह से दोपहर तक उस गरीब से खेत की घांस छिलवाते रहे फिर कर्वी कटवाने लगे, खाने को एक रोटी भी ना दी।

विशंभर नाथ - मुझे क्या पता वो खाया नही है, शादी ब्याह का घर सब काम में लगे थे।

आरिफ - आप को हास्पिटल तो ले जाना चाहिए था ना... आपने उसे मरने के लिए छोड दिया।

विशंभर नाथ - तुम फालतू की बातें मुझसे ना ही करो।

आरिफ - आपको क्या...वो तो मजदूर है इन्सान थोडे ही मरे या जिये।

रमेश गुस्से में - वो है कहां।

आरिफ -मरने के बाद आदमी कहां जाता है, मुझे क्या पता इनसे पूंछो ?

रमेश अपने में ही - बचा ही कौन...

एक विधवा मां, बिन ब्याही बहन...वो तो जीते जी मर गये।

विशंभर नाथ -जिसको जाना था वो तो चला गया ।

रमेश उंगली दिखाते हुए तेज आवाज में - बाप ना होते तो.....खैर आपसे बहस करने का कोई फायदा नहीं है।

31.

रमेश, आरिफ को लेकर शिवपूजन के घर पहुंच गया। फुलन और उसकी मां बाहर ही निढाल पडे थे ,जैसे कुछ होस ही ना रहा हो,कल से कुछ खाया भी न था। रमेश के पैर ठीठक गये हिम्मत ही ना हुई, आखिर क्या मुह लेकर जाये।

शिवपूजन की मौत का स्वयं को दोषी मानने लगा आंखों में आंसू भर आये, विसतिया को जमीन से उठाते हुए -अम्मा आप के बेटे की मौत का जिम्मेदार मै हूं, स्पर्श पाते ही दोनो-मां बेटी रोने लगे, आंसू का सैलाब बहने लगा।

बिसतिया बेसुध पडी थी, रमेश के हांथ लगाते ही जैसे राख के नीचे दबी चिंगारी को हवा मिल गई हो... मर गया रे मेरा बेटा अब क्या करू, हमें भी तू क्यूं साथ ना ले गया, भूंखा-प्यासा मर गया, कहा था दो रोटी खा ले...नहीं माना... मार डाला... यही रट लगाये जा रही थी।

रमेश का ह्रदय भी विसाद से भर गया, अपने आंसुओ को ना रोक पाया रोते हुए - अम्मा शिवपूजन को वापस तो नहीं ला सकता हूं लेकिन आज से तुम मुझे ही अपना बेटा समझना, तुम्हारी देख भाल मै करूगां, इस फुलनिया की शादी बडे घूम-धाम से मै ही करवाऊँगा।

कभी अम्मा को तो कभी फूलन को रमेश सात्वना देता। आरिफ से सेठ की दुकान से खाने पीने का सभी समान मंगवाया, फूल के हांथ में कुछ पैसे जैसे ही रखने लगा।

फूलन - मुझे नही चाहिए तुम्हारे पैसे ना ही झूंठी हमदर्दी, तुम सब ने मिलकर मेरे भाई को मार डाला।

रमेश - हां मैने मारा तुम्हारे भाई को इसकी जो सजा देना चाहो मुझे दो।

फूलन - हम गरीब अनाथ भला तुम अमीरों को क्या सजा देंगे...पथराई आँखों से ऊपर देखते हुए फिर अचानक बोल पड़ी- लोग कहते हैं भगवान है तो वही मेरे भाई के साथ न्याय करेगा, तुमको वही सजा देगा।

रमेश रोते हुए - ठीक है फूलन तुम जो चाहे सजा दो लेकिन तुम ये पैसे रख लो, समझ लो तुम्हारे भाई के कमाए हुए पैसे हैं।

32.

रमेश पैसे जमीन में रख कर रोते हुए शिवपूजन की चिता में जाकर दहाडे मारकर रोने लगा -मै तुम्हारा कातिल हूं, उठो मुझे सजा दो, मै एक ऐसे समाज में ऐसे घर में पैदा हुआ जहां इन्सान नही हैवान रहते हैं।

हम सब तुम्हारे कातिल है ,हम खुद को इंसान कह सके इस काबिल भी नहीं ,गरीब तुम नहीं ,गरीब तो वो लोग हैं जो खुद तो इंसान न बन सके।

कुछ देर तक बेसुध बैठा रहा बचपन की अपनी और शिवपूजन की यादो को जैसे उसकी चिता की रख को कुरेद कुरेद कर फिर जिन्दा करने की कोशिश कर रहा हो।

रिमोट से चलने वाली कार, शिवपूजन को बहुत पंसद थी ,रमेश उसमें चाभी भरता कार जितनी दूर तक जाती शिवपूजन भी पीछे दौड लगाता...अपने दादा को देखते ही -ऐसी गाडी मुझे ला दो ।

दादा -तू क्या करेगा, खेल खिलौने भी कोई खेलने की चीच है।शिवपूजन रोने लगा उसके दादा ने फटकार लगाई -जा भाग जा घर।

शिवपूजन रिमोट वाली कार उठा कर भागने लगा। रमेश के जोर-जोर से रोने की आवज सुनकर...विशंभर नाथ ने ....शिवपूजन के गाल में जोर से चपत लगाई....वहीं गिर गया....गाडी हांथ से छूट गई...छूत कहीं

का...दोबारा जो छुआ तो...हड्डी पसली तोड दूंगा।

उस दिन से शिवपूजन दूर से ही देखता पास आने की हिम्मत ना होती।

विशंभर नाथ को देखते ही मानो उसके प्राण सूख जाते ...उसके अंदर हीनभावना ऐसे घर कर गई कि फिर कभी स्वाभिमान से जीने की हिम्मत ना जुटा सका।

आरिफ,रमेश को विचारो में खोया देख चिता के राख की तरफ देख रहा था जो अभी ठंडी भी हुई थी -

"खाख थी जो फिजा के साथ चलती रही,
धुंध थी छट गई फिर खाख होगया,
जी तो रहा था वो भी कोई जिंदगी थी,
चिता की आग बुझ गई राख का ढेर होगया..."

रमेश आवाज में धीरता लाते हुए भरे मन से - किसी को कोई अधिकार नहीं जो किसी के वजूद को नकार दे..... हर व्यक्ति को अधिकार है स्वाभिमान से जीने का जुल्म करने वाला जुल्म करेगा.... लेकिन तुम्हे सिर्फ तुम ही हरा सकते हो।

डब-डबाई आंखो से चिता की तरफ देखते हुए- तुम्हे किसी और ने नहीं तुमने मारा है ..... तुम्हारी हीन भावना ने .... पलट के जवाब दिया होता तो शायद खाक में ना मिले होते।

आरिफ, रमेश के कंधे को थप-थपाते हुए -खोखले आदर्शो से हकीकत नहीं बदलती देखो उसकी चिता की राखा को यही हकीकत है।

33.

शिवपूजन के जाने के बाद रमेश घर में ना किसी से बोलता ना ढंग से खाना खाता अपने मां बाप की शक्ल देखते ही चिढन होती।

शिवपूजन का क्रिया कर्म विधि-विधान से करवाया। काफी दिन गुजर गये,एक दिन विशंभर नाथ ने रमेश से - बहुत शोक मना लिया

अब तुम्हे नौकरी चाकरी भी तो देखनी है।

रमेश - मै अब कहीं नही जाने वाला यहीं रहकर काम करूंगा ।

विशंभर नाथ कुढते हुए- यही काम करोगे इंजीनियरिंग करके खेत में ट्रैक्टर चलाओगे।

रमेश - मैने सोच लिया है यही आरिफ के साथ मिलकर बिजनेस करूंगा।

विशंभर नाथ -अच्छा तो अब तुम उसके साथ मिलकर पंचर बनाओगे, तुम्हे ये आरिफ कहीं का ना छोडेगा, बरबाद कर देगा ?

रमेश - आप को जो कहना है कहते रहें मै अपने मन की करूंगा।

निर्मला देवी - हे भगवान ये नौकरी नहीं करेगा तो इससे शादी कौन करेगा।

विशंभर नाथ झल्लाते हुए - इसकी बुद्‌धी उस आरिफ ने भ्रष्ट कर दी है, नारायण सिंह अपनी बेटी की शादी एक पंचर बनाने वाले से कभी भूल के भी नहीं करेंगे।

रमेश - किसने आपसे कहा, थाल सजा के मेरे लिए रिस्ता मागने जाएं।

रमेश ये कहते हुए वहां से चला गया।

34.

चुनाव के दिन नजदीक आ रहे थे शंभूनाथ और मौलवी जी दोनो ही जोर आजमाइस में वोट के लिए गरीब और निम्न तबके के लोगो में खूब पैसा और शराब बांटी।

सभाओं का दौर चला.....मंच से मौलवी स्वयंभू और बांकी प्रत्यासी अपनी अपनी तरफ से वोटर्स को रिझाने कि कवायद में जुट गये, मौलवी ने मुसलमानों को एक जुट करने के लिए मजहबी दांव चलने की योजना बनाई।

एक मुस्लिम व्यापारी की दुकान में कुछ भाडे के टट्टू भगवा भेष में जा कर दुकान के सब सामान बाहर फेंक दिया....व्यापारी को जमके पीटा, धमकाया अगर मौलवी को तुमलोगों ने वोट दिया तो समझ लेना....वहां पर और भी कई मुस्लिम व्यापारियों की दुकाने थी...एक भी मुसलमान की दुकान यहां नहीं बचेगी...

35.

इस घटना से पूरे क्षेत्र में हडकंप मच गया....कई जगह आगजनी, दोनो समुदायों के बीच मारपीट की घटना हुई... मौलवी ने मस्जिद से अनाउंस किया....शांन्ति बनाये रखे...डरने की कोई जरूरत नहीं....हजारों की संख्या में मस्जिद के पास भीड इक्कट्ठा हुई...लोगो के अन्दर आक्रोष भरा था...पोलिस वालों के लिए भी संभालना मुस्किल था।

मौलवी जी माइक लेकर अरबी में खुतबा पढते हुए... इलाही अल्लाह ऐ कृअल्ला के बन्दों..... दीन के रखवालों हौसला रख्खो अल्ला हमारे साथ है...जब तक हम एक हैं कोई हमारे घरों को नहीं तोड सकता...नामर्द हैं वो जो पीछे से वार करते हैं, उन काफिरों से जाकर कह दो...रसूल को मानने वाले अपने ईमान पर कायम हैं....ऊंची गर्जना लगाते हुए...हम किसी से नहीं डरते....... अल्लाह सबक सिखाएगा इन काफिरों को....फतह हमारी ही होगी....

इतना सुनते ही भीड उन्माद में झूमने लगी...जोर जोर से मौलवी जी और उनकी पार्टी के नारे लगाने लगी......

36.

उधर रमेश, आरिफ और उसके कई साथी जिन लोगों ने दुकानों में तोड-फोड की थी, एक खुली गाडी में हथियारों से लैस पीछे पड गये.... वो लोग करीब दर्जन भर थे अपनी गाडी में आगें आगें दो पहिया गाडी में भाग रहे थे।

एक चैराहे पे जाके गाडी वाले को घेर लिया,हॉकी, बेसबाल से पिटाई करने लगे.....इत्तेफाकन जहाँ पर वो गुंडे पकड़ में आये वही नजदीक में ही रूपा का हॉस्पिटल था रूपा की नजर पड़ी ।

रूपा रमेश को मारपीट करते हुए देख पास में ही रूक गई....

रमेश की भी नजर पडी... रूक गया... लेचलो इसे पकड के रमेश रूपा की तरफ जाने लगा...रूपा अपने पास आता देख...मुड के जैसे ही गेट से अंदर जाने लगी- वन मिनेट जैसा आपने देखा वैसा कुछ बिल्कुल नहीं ।

रूपा, चिढ़ते हुए - तुमसे पूंछ कौन रहा है...यू गो टू हेल....मवाली कही का ।

रमेश - सुन तो लो...आखिर बात क्या है ?

इतने में आरिफ आगया -चल छोड... इश्क लडाने का अभी समय नहीं, बांकी जो बचे हैं उनकी भी हड्डी पसली तोडना है।

रूपा जैसे ही अंदर जाने लगी,आरिफ रूपा को टेन्ट मारते हुए - जब इत्तेफाक थी मुलाकात तो तकरार कैसी, सबब क्या है बेरूखी का कहीं मोहब्बत तो नहीं ?

रूपा, को उनकी बातो का जबाब देना उचित नहीं लगा, बिना बोले वहां से चली जाती है।

37.

बंकी जो बचे गुर्गे थे, बचने के लिए हॉस्पिटल के अंदर की तरफ भागे उनका पीछा करते करते रमेश और उसके साथी... पीछा करते हुए अंदर की तरफ भागे पकड कर जैसे ही पीटने लगे..... रूपा वहां से गुजरती हुई दिखी...रमेश अपने साथियों से- ठोकते रहो सालो को अभी आता हूं।

रूपा रमेश से नजरे बचा कर वहां से जाने लगी।

रमेश,रूपा के पास जाकर - तुम समझ नहीं रही हो ?

रूपा - तुम्हे कहा किसने समझाने को..... तुम्हे जो करना है , करो मेरे पीछे क्यूं पडे हो ?

रमेश - मै कहां पीछे पडा हूं, जहां मै जाता हूं तुम खुद वहां पहुंच जाती हो।

रूपा- तुम जैसे मवालियों को खूब समझती हूं।

रमेश - रूपा ट्राई टू अंडरस्टैण्ड ?

रूपा - तुम जाते हो कि नहीं...

आरिफ बीच मे आते हुए- भाई चुनाव हो जाये फिर तुम लोग समझना समझाना।

रूपा बात को बढाने की वजाय बिना कुछ बोले ही जाने लगती है।

रमेश रूपा को जाते हुए - बोलती है तो आग ही उगलती है...नहीं फिर कुछ नहीं बोलती।

रूपा पलट कर देखते हुए गुस्से में चेहरा लाल-“माई फुट” कह कर निकल जाती है।

रमेश - हाय तुम्हारी इसी अदा पे तो मै... क्या कहते हैं आरिफ से।

आरिफ - चल यार।

38.

उन गुर्गों को उस मोहल्ले में ले गये जिन दुकानों में तोड-फोड की थी, रोड पे ही खडा कर दिया।

आरिफ जोर से सीना ठोंकते हुए - यही थे ना ... गाल में एक थप्पड मारते हुए- बोल बे किसका आदमी है... उसने सब बक दिया...

रमेश, बेग साहब की ओर इशारा करते हुए- चचा आप भी कुछ बोलें मौका यही है।

वहां पर खडे लोग, आपस मे बाते करने लगे - मौलवी ने ये सब वोट के लिए किया।

बेग साहब - अच्छे और बुरे हर जगह होते हैं हमे बस फर्क करना आना चाहिए, मौलवी जैसे लोग हमें गुमराह कर अपना काम साधते हैं, क्या हम ऐसे लोगों को अपनी ठेकेदारी देगें ?

वहां पर मौजूद लोग बेग साहब से सहमति जताते हुए- हम आपके साथ हैं हर तरह से, जो भी जैसे भी मदद होगी हम करेंगे।

39.

चुनाव में मजहबी रंग चढ चुका था। चुनाव अब मौलवी और स्वयंभू सिंह के लिए पद के लिए नही प्रतिष्ठा का सवाल बन चुका था, दोनो ही भयक्रांत थे कहीं लोग इलियास को वोट ना दे दें ...शाम, दाम, दण्ड, भेद सब चुनाव में झोक दिया।

विशंभर नाथ को शंभू सिंह का समर्थन करना मजबूरी हो गई थी, उन्हे पता था बेग खुदा ना खास्ता जीत गया तो फिर रमेश कहीं नहीं जायेगा, अभी लडकपन है बात धीरे-धीरे समझ आयेगी।

दिन-रात शंभूनाथ के चुनाव प्रचार में भिड गये, चुनाव नजदीक थे, चुनाव प्रसार की सरगर्मी बढती गई विशंभर नाथ प्रचार-प्रसार तो कर रहे थे लेकिन कहीं ना कहीं शिवपूजन की मौत का जिम्मेदार स्वयं को ठहराने लगे, उनके मन में शिवपूजन की मौत का आत्मबोध कहें या डर मन में था ।

अकाल मौत मरा कहीं बदला ना ले, उनके दिमाग में ये बात चलती रहती थी।

डर की वजह से रात 8 बजे के बाद घर से निकलना ही छोंड दिया चुनाव के दो दिन पहले विशंभर नाथ शंभूनाथ के साथ प्रचार में भीड़े थे,समय का पता ही न चला ,रात काफी होगी थी।

विशंभर नाथ - शंभूनाथ भाई अब मै चलूंगा, रात बहोत हो गयी है ?

शंभूनाथ- अभी कहां अभी तो 8 ही बजे है कल से तो वैसे भी चुनाव प्रचार बंद हो जायेगा, बस आज की रात है।

विशंभर नाथ संकोच बस कुछ ना कह सके, कहते भी तो क्या शिवपूजन के भूत से डर रहे है। प्रचार-प्रसार में रात के 12 बज गये विशंभर नाथ के दिलों-दिमाग में डर हावी हो रहा था घर के रास्ते मे 2 किलोमीटर तक वीराना था।

आस-पास कोई नहीं था, हनुमान चलीसा का पाठ करते हुए अपने स्कूटर से चले कहीं किसी पेड़ की पत्तियों में सरसराहट भी होती तो डर से खून की रफ्तार शरीर में दुगनी गति बढ जाती ।

उस वीराने रास्ते में एक बडा सा पीपल का पेंड था, उसके पास पहुंचते ही- बजरंग बली, हे बजरंगबली ये पेंड नका दो, समझो जीवन बच गया, बुदबुदाते हुए जै हनुमान ज्ञान गुन सागर, जय कपीस तिहुं लोक उजागर...

पीपल के पास जैसे ही पहुंचे पीपल के पतते धीरे-धीरे हिल रहे थे, जैसे ही उसके नीचे पहुंचे पत्ते जोर-जोर से हिल रहे हो उन्हें ऐसा आभास हुआ, जैसे कोई उपर बैठा हो।

एक परछाई दिखी डर से गाडी का एक्सीलेटर बढ़ाने की वजाय ब्रेक लगा दिया।गाड़ी वहीं पर रूक गई ऐसा लगा मानो पेंड़ की डाली टूट कर उनके उपर आगिरी।

विशंभर नाथ की घिग्धी बंध गई ,डर के मारे हनुमान चलीसा का पाठ रूक गया बस जोर-जोर से... जै हनुमान जै हनुमान छोड दे मुझे।

आंख बंद हो गई बस यही रट लगाये जा रहे थे। कुछ देर में पेंड से कोई हरकत ना होते देख गाडी में किक मारी फुल स्पीड में भागने लगे, कुछ देर में उन्हे अहसास हुआ जैसे उनके पीछे कोई बैठा है। पीछे मुड कर देखा तो कोई नहीं था।

जैसे ही आगे की तरफ सिर घुमाया तो होश फक्ता हो गये बस मुंह से भू...भू....की आवाज धडकन ही मानो रूक गई हो गाडी पर से हांथ छूट गया गाडी सीधे जा कर पेंड से टकरा गई ।

40.

उसी रात रमेश, बेग साहब के घर में आंगे की रणनीति पर आपसी चर्चा चल रही थी, इतने में एक आदमी ने आकर इत्तेला दी कि सर्वेस गरीबों की बस्तियों में शराब और पैसा बांट रहा है।

रमेश और आरिफ अपने दर्जनों समर्थकों के साथ पहुंच गया सर्वेस को रंगे हाथ पैसा बांटते हुए पकड लिया। सर्वेश और उसके गुर्गो को घेर कर सब ने अपनी अपनी पोजीशन लेली,रमेश - पैसा पानी कि तरह बहा रहे हो ये लोग वोट लेकिन हमे ही देंगे, तुम्हारा पैसा काम ना आयेगा ?

सर्वेस नशे में धुत्त तमंचा बाहर निकाल कर - बहुत ही गलत टाइम में आये हो। चुपचाप लिकल लो, मुह से बात अब नहीं होगी।

इतना कहते ही आरिफ हांथ में हॉकी लिया था सर्वेस के जबडे में कस के धर दिया। सर्वेस बिलबिलाता हुआ वहीं पर गिर गया।

सर्वेस के साथ वाले गुर्गे आंगे बढे, रमेश के साथ जो लोग थे पहले से ही तैयार थे आव देखा ना ताव जो हांथ लगा सभी की हाकी डण्डों से धुनाई शुरू कर दी, सब के सब भाग खडे हुए।

रमेश - हां भाई सर्वेस सिंह वल्द शंभू सिंह ...का कह रहा था हांथ में बंदूक लेकर मुंह से बात नहीं करते... अब तो तुम वैसे भी नहीं कर पाओगे।कॉलर पकड के उठाते हुए- निकाल बंदूक।

सर्वेस हकलाते हुए- तुम सब को नहीं छोडूंगा, कुत्ते की मौत ना दी तो कहना।

आरिफ - ये शाला फिल्मे बहुत देखता है, विलेन वाले सारे डाइलाग रट लिया।

सर्वेस -ये तो वक्त ही बतायेगा तुम दोनो की हीरोगीरी... पिछवाडे डाल दूंगा, अपने बाप से कह दे, सलवार सूट की जगह कफन सिले।

रमेश जोर से एक थप्पड लगाते हुए -तू अपने भेजे में एक बात घुसेड़... ले तुझे जिन्दा दफनाउंगा... कफन भी नसीब नहीं होगी।अब निकल ले...सर्वेस गाली देते हुए वहां से चला गया।

इतने में एक आदिमी भागता हुआ आया, रमेश गजब हो गया तुम्हारे पिता जी का एक्सीडेन्ट हो गया, बगीचे में पेड़ के पास बेहोसी की हालत में मिले इतना सुनते ही रमेश और आरिफ घर की तरफ भागे।

घर जाकर देखा तेा विशंभर नाथ ठंड से कांप रहे थे बस एक ही बात बार-बार दोहरा रहे थे- शिवपूजन का भूत, अब मुझे नहीं छोंडेगा।

रमेश - क्या बात कर रहे हैं कोई भूत-वूत नहीं है, ये आपका वहम है।

विशंभर नाथ - नहीं वो शिवपूजन बहोत बडा प्रेत बन गया है।

रमेश - प्रेत वो नहीं शंभू सिंह है जिसके साथ आप घूमते हो उसी ने कुछ किया होगा।

वो एक नम्बर का धूर्त और कपटी आदमी है आपको समझाया था शंभू सिंह जैसे दोगले आदमी का साथ मत दीजिए, लेकिन आप कहां मानने वाले।

विशंभर नाथ - ये कोई झूंठ नहीं है मैने अपनी आंखो से साक्षात उस प्रेत को देखा...बडा ही भयानक था अब मुझे वो नहीं छोंडेगा,बार बार यही रट लगाए जा रहे थे।

रमेश -आपका दिमाग खराब हो गया है और कुछ नहीं... सो जाइए सब ठीक हो जायेगा।

निर्मला देवी -रोते हुए सच कह रहे हैं कोई झूठ नहीं कह रहे हैं तू बहस ना कर बैजू को बुला ला जल्दी।

रमेश - ढोंगी, पाखंण्डी तांत्रिको को बुलाने की कोई जरूरत नहीं ये इनके मन का वहम है सब ठीक हो जायेगा।

निर्मला देवी - पडोसियों से तुम्ही लोग चले जाओ बैजू को बुला लाओ ...ये बाप का ही दुश्मन बनेगा... एक पडोसी गया बैजू को बुलाने के लिए।

बैजू आते ही - ओम हूम हूम फट फट फट फट क्रीम क्रीम स्वाहा... नाक भौं सिकोडा...एक प्रेत आत्मा की गंध आ रही है।

निर्मला देवी- हां हां बाबा ठीक कहा शिवपूजन का प्रेत होगा।

रमेश - कोई प्रेत नहीं है आप बिना मतलब की बात मत ही करें।

बैजू - बहुत बडा प्रेत है अब वो नहीं छोंडने वाला ।

रमेश - बैजू तू बिना मतलब की बात मत कर।

निर्मला देवी - तू चुप कर तुझे क्या पता प्रेत क्या होते है, बाबा तुम्ही कोई उपाय करों इन्हे बचा लो ?

बैजू - पूंछू तो क्या कहता है प्रेत, प्रेत भी बोलता है , अकाल मौत मारा जो वो प्रेत बहुत ही भयानक होता है, कहर बन के टूटता है, मै भी हार नहीं मानुगा ...चुंदी पकड़ के घर लेजुंगा और घर का काम करवाऊंगा ।

आरिफ -साला मरने के बाद भी उससे चैन ना मिलेगा बैजू से मै तेरी चुंदी काट लूंगा जो तूने उसकी चुंदी काटी तो ।

बैजू -कैसी बात करते हो प्रेत, प्रेत है इंसान का थोड़े ही है कितना भी काम करे वो नहीं थकता ।

निर्मला देवी -फिर तो वो बहुत बड़ा प्रेत बना होगा बहुत काम करता था कभी किसी काम को ना नहीं करता था ।

बैजू, मंत्र बुदबुदाने लगा- ओम हीम क्रीम ओम हीम क्रीम चामुण्डा... नीम की एक टहनी विशंभर नाथ के पूरे शरीर में घुमाने लगा, पोटली से भभूत निकालकर विशंभर नाथ के मुंह पर फेक दिया...

भभूत विशंभर नाथ के आंख में पड गई विशंभर नाथ ने आव देखा ना ताव उचट कर जोर से एक थप्पड बैजू के गाल पर जड दिया बैजू मुंह के बल जमीन में गिर पडा।

बैजू - बिलबिलाते हुए ये मेरे बस का नही है अपनी पोटली उठाई और वहां से भाग गया।

41.

सर्वेस अपने घर पर कराहते हुए लेटा था, सम्भु सिंह सर्वेस के बगल मे बैठे ताने मार रहे थे - तू मेरा खून है? जिसके सामने मुह नहीं खुलता लोगो का ...नामर्द की औलाद कहीं का ...आगया पिट के।

इतने मे मुन्ना आ धमका - क्या हुआ काका खुद ही को गाली दे रहे हो ... मैने सुना तुम को कल रमेश और पंचर वाले ने बहुत पीटा ?

सर्वेस कराहते हुए - तू यहां मजे लेने आया है।

मुन्ना - तुम्हारा दुश्मन मेरा दुश्मन हम मिलके मजा चखाएंगे, मेरे पास एक जबरदस्त प्लैन है, सर्वेस के कान मे बुदबुदाते हुए ।

संभु सिंह - अब तू कौन सा पाठ पढा रहा है।

मुन्ना - बस देखते जाओ काका ऐसी बाजी पलटूंगा कि...

संभु सिंह - बडा आया खुद का होश नहीं...बोतल चढा के दिन भर लोट-पोट रहता है दूसरों की बाजी पलटेगा।

मुन्ना - कह लो जो कहना है लेकिन कभी कभी खोटा सिक्का काम आ जाता है।

संभु सिंह सर्वेस की तरफ इशारा करते हुए - कर जो करना है लेकिन चुनाव होने तक कोई भी गडबड मत करना। उठ के चले जाते हैं।

42.

वोटिंग केलिये पोलिंग बोथ पर सभी प्रत्यासियो ने अपने अपने नुमाइंदे नियुक्त कर रखे थे, सरकारी अधिकारी लोग अपने-अपने पोलिंग बूथ मे नियत समय से पहले ही पंहुच कर पूरी तैयारी करवायी वोटिंग शुरू हुई।

सर्वेस पहले से ही घायल शेर की तरह बदला लेने के लिए तैयार था, फर्जी वोटिंग करवाने के लिए अपने कई आदमी लगा रखे थे, भेष बदलवा कर लाइन में लगा देता।

आरिफ सभी पोलिंग बोथ का चक्कर काट रहा था ,देखा सब जगह यही हाल है ,मौलवी और संभु सिंह के आदमी धांधली में जुटे है।

अपने छेत्र के मुख्या पोलिंग बोथ के बाहर जहाँ ,मौलवी ,संभु सिंह अपने अपने गुर्गो के साथ कोना पकडे खड़े थे ,रमेश भी अपने आदमियों के साथ पहुंचा ,उसके पीछे पीछे आरिफ भी अपनी फट फटिया से आधमका ,रमेश ने आरिफ के कान में जाकर कुछ कहा।

आरिफ मौलवी जी को आते देख कर उंनके कान मे संभु सिंह फर्जी वोटिंग करवा रहा है हमारे और आपके बीच जो भी है अपसी कौम का मामला है आप ही चाहे जीत जायें, लेकिन ये शंभू सिंह नहीं जीतना

चाहिए।

मौलवी जी तैस में आ गये संभु सिंह अपने समर्थको के साथ खडे थे मौलवी जी भी अपने दर्जनो समर्थको के साथ पंहुच गये।

मौलवी जी -ये तुम ठीक नहीं कर रहे हो ये सब नहीं चलेगा फर्जी वोटिंग नहीं होगी ?

संभु सिंह - किसने कहा फर्जी वोटिंग हो रही है और धमकी किसे देते हो ?

आरिफ बीच में ही- फर्जी वोटिंग नहीं हो रही है तो क्या है ये जो लोग लाइन में लगे है इनमें से कइयों को तो मैने ही देखा है कई बार वोट डालते हुए, ये सब अधिकारी लोग भी मिले हुए है बंद करवाइये वोटिंग।

इतना सुनते ही संभु सिंह आरिफ की तरफ लपकते हुए आरिफ का कॉलर पकड लिया।

आरिफ - ये तुमने मेरे गिरेबान पर नहीं मेरे पूरे कौम के गिरेबान पर हांथ डाला है।

इतना सुनते ही मौलवी जी और उनके समर्थक संभु सिंह की तरफ बढे, आरिफ निकल के दूर खडा हो गया। इतने में जोर से ठा की आवाज आई किसी ने संभु सिंह के सीने में गोली मार दी संभु सिंह वहीं पर ढेर हो गये, अफरा-तफरी मच गयी, वोटिंग रोक दी गई, पुलिस मौलवी जी को पकड कर थाने ले गई।

43.

रमेश और आरिफ मौलवी जी से मिलने थाने पंहुचे, मौलवी जी कोठरी में बैठे अपने आप बड़बड़ाते हुए सर धुन रहे थे।मौलवी साहब को इस अवस्था में देख कर आरिफ और रमेश को तसल्ली तो बहुत हुई ।

आरिफ अपने चेहरे के भाव बदलते हुए - मुझे बडा अफसोस है आपको इस हालत में देख कर कहां मस्जिद में बैठकर 5 वक्त की नमाज पढते थे , अब जेल में इस उमर मे... अल्ला ये दिन किसी को भी ना

दिखाए, अब क्या होगा आपकी चार-चार बेटियों का, कौन करेगा उनसे निकाह।

मौलवी जी गमगीन चेहरा झुकाये बैठे थे कोठरी में- मैने गोली चलाई ही नहीं ...ये मुझपे झूंठा इल्जाम है... ये मुझ पर झूठा केस है गोली किसी और ने चलाई मैने उसे खिडकी से भागते हुए भी देखा।

रमेश -अदालत तो सबूत मांगेगी आप मेरी बात मान ले तो, आप को इस झमेले से बचा सकते हैं ?

मौलवी जी - निकालो मुझे यहां से जो कहोगे करूंगा ?

रमेश - आप आशिमा का निकाह इससे करवा दें,हां माना ये थोडा टेड़ा है लेकिन शादी के बाद तो शेर भी बिल्ली बन जाता है।आप तो रसूख दार आदमी हैं इसे भी लायक बना दीजिएगा... समझ रहे हो ना बात को।

आरिफ-आप की सिर्फ चार बेटियां है आपको भी तो कोई वारिस चाहिए जो अपकी नुमांइंदगी कर सके।

मौलवी जी - बात तो तुम ठीक ही कर रहे हो, लेकिन मै यहां से निकलूंगा कैसे ?

रमेश - नारायण सिंह अपने शहर के जानेमाने वकील है उनको आपका केस दे देंगे फिर तो समझो आपको कोई सजा नहीं दिलवा पायेगा।

मौलवी जी- वो मेरा केस लडेंगे क्या ?

रमेश - वो आप मुझ पे छोंड दीजिए।

रमेश और अरिफ इतना कह कर वहां से चले आये, आरिफ - भाई मान गया तुझे गजब का दांव खेला, गोली मरवाने वाली प्लानिंग का तो कहना ही क्या।

रमेश - अभी तो अंगडायी है आंगे अभी और लडाई है।

आरिफ - अब बात समझ में आई एक तीर से तीन निसाने दोनो हंसने लगे।

रमेश हंसते हुए - तीन नहीं चार निसाने।

आरिफ - एक निसाना और कौन है।

रमेश - रूपा ...एक निसाना अपने लिए भी लगा लूं अब चलो सीधे अब नरायण सिंह के घर चलते है।

44.

दिन ढल चुका था रमेश और आरिफ नारायण सिंह के घर पंहुचे, नारायण सिंह बाहर ही लान में टहलते हुए मिल गये।

नारायण सिंह - अरे रमेश आओ आओ काहे कैसे आना हुआ, सब खैरियत तो है ना ?

रमेश - जी हां अंकल सब खैरियत है आप से एक जरूरी काम के सिलसिले में मिलने आया था।

नारायण सिंह - आओ अंदर आओ चलो बैठकर बाते करते हैं।

नारायण सिंह की धर्मपत्नी सुमन ने दोनो को चाय नाश्ता कराया ...बेटा खाना बन रहा है खा कर ही जाना।

रमेश - नहीं आंटी परेशान ना हों ।

सुमन जी - इसमे परेशान होने वाली कौन सी बात है, तुम मेरे बेटे जैसे हो, सच कहूं तो उस दिन तुम्हारे घर में हमें बहोत अच्छा लगा, इतना अपनापन प्यार, रूपा और तुम्हारी बहन भारती ऐसे घुल-मिल गए जैसे सगी बहने हों।

आरिफए रमेश के कानों में- देख लो तुम्हारी मासूका को बहन बना दिया क्या पता राखी भी बंधवा दें।

सुमन जी - तुम्हारे घरवालों का नेचर हमें बहोत अच्छा लगा...इतना कह कर वो अपने काम में लग गईं।

रमेश - अंकल वो अपने यहां वोटिंग के टाइम जो गोली चली थी उसके बारे में सुना होगा।

नरायण सिंह- हां सुना अखबारों में भी पढा वो मौलवी जिसने गोली चलाई थी हिरासत में है।

रमेश - उसी केस के बारे में बात करनी थी।

नरायण सिंह - इस गोली कांड में जो मारा गया उसी शंभू सिंह का लडका आया था...अपना केस मुझे लडने के लिए बोल रहा था।

रमेश - अंकल वो मौलवी पूरी तरह से निर्दोश है गोली किसी और ने चलाई थी, हम यही रिक्वेस्ट करने आयें है कि आप मौलवी जी कि तरफ से केस की पैरवी करें।

नारायण सिंह - लेकिन मैने तो उसे जुबान दे दी।

रमेश - अंकल आप तो वकील हैं आपको पता है जजबातां और जुबान की कोई अहमियत नहीं होती, वकील तो वैसे भी बात पलटने में माहिर होते हैं।

नारायण सिंह मुस्कुराते हुए - ये बात तो है , आज की जनरेशन बड़ी एडवांस होगई है, चलों कोशिस करता हूं।

इतने में रूपा हास्पिटल से आ गई -हे डैड... ये दोनो यहां क्या कर रहे ?

नारायण सिंह - कुछ जरूरी काम से आये है।

रूपा, रमेश को चिढाते हुए - फालतू लोग भी जरूरी काम करते हैं।

आरिफ - फालतू का काम भी तो एक काम है।

रूपा - इससे ज्यादा और कर भी क्या सकते हो... रमेश को फिर से चिढाते हुए...शकल से भी फालतू काम से भी फालतू।

नारायण सिंह - बेटा ऐसा नहीं बोलते ।

रमेश - कोई बात नहीं अंकल .... बातों का बुरा नहीं मानता।

रूपा - ठीक कहा सीधे हांथ पैर तोड देता है...अपना मुंह बनाते हुए वहां से चली गई।

आरिफ - अंकल वो मै कह रहा था, फालतू ... सॉरी ... मौलवी जी अगर रिहा हो गये तो मेरी शादी उनकी बेटी के साथ हो जायेगी, अंकल अब आप के ही हांथ है सब कुछ ।

नारायण सिंह - तो ऐसी बात है, टेंशन मत लो कुछ ना कुछ करता हूं।

ये वार्तालाप चल ही रही थी कि नारायण सिंह से मिलने कुछ लोग आगये, नारायण सिंह बाहर चले गये।

रमेश और आरिफ वही बैठे रहते है ,उन दोनों वहाँ खाली बैठा देख रूपा, रमेश से - क्यूं हलो अब आप लोग भी जाइये, डोन्ट वेस्ट योर टाइम।

आरिफ - जी आप टेन्सन ना लें हमारे पास वेस्ट ही वेस्ट टाइम है।

रूपा - तुम लोग फालतू तो हो ही, ढीठ भी हो ।

इतने सुमन जी आजाती है ,रूपा की बाते सुनकर हँसते हुए - तू भी ना कभी कभी बच्चों जैसी बातें करती है।

रमेश - कोई बात नहीं आंटी अभी इम्मेच्योर है, धीरे-धीरे मेच्चयोर हो जायेगी।

आरिफ -आंटी हम लोग खाना खा कर ही जायेंगे, रात के वक्त मेहमान बिना खाना खाये चले जाए अपशकुन होता हैं ।

रूपा चिढते हुए -भुक्खड कहीं के।

आरिफ- ये इश्क है तसल्लुफ हर किसी को समझ कहां आता है।

मगर हमें तो आंखो की भाषा पढना आता है।

इतने में सुमन देवी आवाज लगाते हुए रूपा खाना तैयार है, जरा इधर आना पापा को भी आवाज दे दो बेटा तुम लोग भी फ्रेस हो जाओ।

खाने-पीने का कार्यक्रम चला सभी डाइनिंग टेबल पर खाना खाने बैठे टेबल में तरह तरह के पकवान देख कर आरिफ धीरे से बडे दिनों बाद कुछ अच्छा खाने को मिला.... बिना देरी किये खाने पर टूट पडा रमेश धीरे से - आराम से खा ।

आरिफ - बडे बुजुर्ग कह गये हैं खाने पीने में कभी संकोच नहीं करना चाहिए।

नारायण सिंह, दोनों की आपस में खुसर फुसर सुन कर - क्या बात है बेटा कोई प्राब्लम है।

रमेश - नहीं अंकल सब बढिया है, ये आरिफ कह रहा रहा था आप लोगो का इतना प्यार देखकर मन भर गया।

रूपा ताना मारते हुए - वो तो दिख ही रहा है अब पेट भर लो।

नारायण सिंह रूपा को डांटते हुए- ऐसी बात नहीं करते हैं।

रूपा -क्या मैने तो यही कहा पेट भर खाना खाओ, मेरी मम्मा खाना अच्छा बनाती है।

सुमन देवी - तू और तेरी बातें मेरी समझ नहीं आती।

नारायण सिंह रमेश से मुखातिब होते हुए - आगे क्या प्लानिंग की ?

रमेश - जी मैने सोचा है कि अब यहीं रहकर काम करूंगा ...शिवपूजन की पूरी कहानी बताई।

नारायण सिंह बडा प्रभावित हुए - बहुत ही नेक और अच्छे विचार है आज जहां हर इंसान सिर्फ अपना पेट भरने में लगा है दूसरों की कौन परवाह करता है इस छोटे से शहर मे तुम करोगे क्या, ऐसी कोई फैक्ट्री वगैरह भी तो नहीं।

रमेश - आटोपार्ट का बिजनेस करने की सोच रहा हूं।

नरायण सिंह - बहुत अच्छा विचार है।

रूपा - बिजनेस मतलब फैक्ट्री डालोगे ?

रमेश - जी नही शॉप।

रूपा - मुंह बनाते हुए, शॉप।

रमेश हंसते हुए - जी हां उसके साथ गैराज भी डालूंगा गाडियों की सर्विसिंग करूंगा।

रूपा - छी रे ये काम करोगे।

नरायण सिंह - इसमें बुरा क्या है तुमने मकैनिकल से इंजीनियरिंग की है, इससे भला अच्छी बात क्या हो सकती है, नौकरी के लिए तो आज कल हर कोई भाग रहा है , मेरी मदद की जब भी जरूरत होगी बताना।

रमेश - जी बस अपका अर्शीवाद चाहिए।

45.

रमेश और आरिफ वहां से चले आये, आरिफ खुशी से फूला नहीं समा रहा था।

तुमने मुझे पहले क्यूं नहीं बताया, कि तू यही रहेगा।

रमेश - यहीं रहूंगा और साथ मिलकर काम करेंगे गैराज भी इसीलिए डाल रहा हूं।

आरिफ - तुम्हारे मुंह में घी के लड्डू, तुम्हारे लिए तो जान हाजिर है, अब शहर भर में जितनी गाड़ियां होगी... लेकिन शॉप डालना कहां है ?

रमेश - नरायण सिंह के घर के लिए जो रास्ता जाता है उसी नुक्कड पे बाई पास भी नजदीक है, व्यापार और प्यार अब दोनो साथ चलेगे।

अरिफ - भाई भेजा तो तुम्हारा कमाल का है, तुम्हारे भेजे के लिए शेर कह दूं।

रमेश - नहीं मुझे अपना भेजे का भेजा फ्राई नहीं करना।

46.

रमेश और आरिफ ने मिल कर, नारायण सिंह के घर के नजदीक हाईवे पर दुकान डाल दी।

रूपा हास्पिटल आते जाते दिखती जब दुकान के नजदीक से गुजरती मुंह फेर लेती, एक दिन रूपा अपनी स्कूटी लेकर रमेश की शॉप में पहुंचती है रमेश ग्राहक को सामान देने में व्यस्त था आरिफ कोयले से सना गाडी बनाने मे बिजी था।

रूपा - हलो मैकेनिकल इंजीनियर मैकेनिक... मेरी स्कूटी की सर्विसिंग करनी हैं ?

आरिफ - धन्य भाग हमारे जो आप हमारे गरीब खाने पधारे, धन्य है ये स्कूटी जो आप को यहां पर आने के लिए मजबूर किया।

रूपा - कोई मजबूरी नहीं है, मैने सोचा किसी और को चार पैसे देने से भला तुम गरीबों का भला हो जाये।

आरिफ -अल्ला यूं ही मेहरबान रहे...आप ऐसे ही सर्विसिंग करवाने आती रहें।

रूपा - बकवास करोगे तो कही और करवा लूंगी, शॉप की तरफ नजर दौडाते हुए यहां कई वीआईपी शॉप है और तुम लोगों से अच्छे मकैनिक हैं।

रमेश को ये बात बहुत बुरी लगी - ठीक है मैडम ले जाइए हमने आप को कहा तो नहीं था आप हमसे ही अपनी स्कूटी सुधरवाइये।

रूपा - अपना एट्टीटयूड अपने पास रखो जा रही हूं।

रूपा गुस्से में अपनी स्कूटी ले जाने लगी ।

आरिफ - अरे मैडम ठहरिये आप खांम खा नाराज हो रही हैं।

इस बेजान स्कूटी को भला किसी की मोहब्बत से क्या लेना, अब डाक्टर के पास आ गई है तो इलाज कर लेने दीजिए। एक कुर्सी देते हुए आप उधर मत देखिएगा, आप यहीं पर बैठिये, 30 मिनट में आपकी स्कूटी को कैटरीना कैफ बना दूंगा।

रमेश ने किसी बहाने फिर से रूपा से बात करने की सोची- आरिफ, मैडम को चाय वाय तो पिलवा दो।

रूपा - मै सडक की चाय नहीं पीती।

आरिफ मौके की नजाकत को देखते हुए - मैडम आपको हम स्पेशल टी, ब्रुकबांड रेड लेवल टी पिलायेंगे, सडक छाप चाय नहीं।

रूपा - तुम मेरी स्कूटी ठीक करते हो या मै जाउं ?

आरिफ - आप बात-बात पे गुस्सा हो जाती हैं आप 15 मिनट इंतजार करिये, आधे घंटे मे आपकी स्कूटी रेडी।

रूपा - इधर - उधर की बाते ना करो मुझे जल्दी है।

आरिफ - स्कूटी भी बनाता जा रहा था, उधर गाना भी गुनगुनाता जा रहा था , जाती हूं मै, जल्दी है क्या, यहां बैठने से धडके मेरा जिया।

आधे घंटे के अंदर स्कूटी रेडी हो गई ये लीजिए मैडम, अब तो आपकी स्कूटी ...स्कूटी नहीं रही...मर्सडीज हो गई ...बिना सेल्फ के हवा में उडेगी।

रूपा - फिर से बंद पड़ी तो तुम भी हवा में उडोगे...कितना हुआ ?

आरिफ - ये सब आपका ही तो है आप तो बस अपनी स्कूटी लेकर यहां पर आती रहें।

रूपा - ज्यादा नौटंकी करने की जरूरत नहीं पैसे बताओं।

रमेश- 1000 हुए।

रूपा - इतने छोटे से काम के 1000 रूपये, अपने आप को बडा मकैनिक समझते हो ?

रमेश - हुए सो हुए, आप को देना हो तो दे दीजिए, नहीं कुछ मत दीजिए।

रूपा चिढते हुए टेबल पर 1000 का नोट पटकते हुए - ये लो अब तुम्हारी इस कबाड खाने में कभी नहीं आउंगी, भिखारी, मवाली कहीं के।

आरिफ हंसते हुए - मैडम किसी दिन फुरसत से आप आपना भी इलाज क्यूं नहीं कर लेती।

रूपा - तुम दोनो का मुंह तोड दूंगी।

आरिफ - अच्छा ठीक है एक शेर तो सुनते जाइये।

रूपा स्कूटी लेकर जाने लगी।

आरिफ, रमेश की तरफ देखते हुए - ऐसे ही होता है तूफानी बारिस होने से पहले आसमान में बिजली चमकती है, टेन्सन मत लो यही तो इश्क है।

47.

भारती का ससुराल एक संयुक्त परिवार था। भारती के ससुर समशेर सिंह क्षेत्र में प्रतिष्ठित जमीदार थे, विनीत उनका सबसे बड़ा बेटा था जिसके साथ भारती की शादी हुई थी।

दो बेटियां एक सबसे छोटा बेटा जिसकी उमर 10-12 साल की थी दिन भर भारती से पगा रहता, भारती भी उसे बहुत दुलार देती, भारती के ऊपर घर की बडी बहू होने के नाते जिम्मेदारी भी थी।

सास -ससुर की सेवा में कोई कसर ना छोंडती, भारती के आते ही ननदें तो जैसे जेल से रिहा हो गई हो, दिन भर टी.वी. देखती, गप्पे हांकती बैठी रहती, उल्टा भारती को ही आंखे दिखाती, कोई ना कोई कमी निकाल कर मीन-मेख करती रहतीं। लेकिन भारती स्वभाव से हंसमुख थी, बात को टाल देती। भारती के पति विनीत यथा नाम तथा गुण बहुत ही हंसमुख और रंगीन मिजाज पी.डब्लू.डी में कांट्रैक्टर का काम करते थे।

एक दिन सुबह काम पे जाने के लिए तैयार हो रहे थे, भारती को काम में व्यस्त देख- थोडा समय हमें भी दे दीजिए।

भारती रूम में कपडे को तह देते हुए - अभी नहीं।

विनीत भारती को बिस्तर में खींच कर गिराते हुए - आज आप पे कुछ ज्यादा ही प्यार आ रहा है... आप कहें तो ना जाउं ?

भारती - रात बांकी है जितना मर्जी आये करियेगा?

विनीत - हमें तो मौका चाहिए क्या रात क्या दिन... किस करते हुए।

भारती - कुकर शीटी मार रहा है... छोडिये।

विनीत ने भारती को अपने बाहों में भर लिया- मारता है तो मारने दीजिए ...मूड बन गया है।

भारती आपने आप को छुडाते हुए - जब देखो आपका मूड बना रहता है...दाल पक गई है जल्दी से आपका टिफिन तैयार कर दूं।

भारती छुडाकर जाने लगी, विनीत ठंडी आह भरते हुए- जाओ हो गया अधूरा काम...रात में ही पूरा करूंगा ...सारी कसर निकाल लूंगा।

उधर बाहर से भारती की ननद ने आवाज लगाई- महारानी सो गई क्या दाल जल गई ?

भारती - सुना...

विनीत - इसकी भी शादी अब जल्दी ही करूंगा ससुराल जायेगी तब समझ आयेगा।

48.

शाम को समशेर सिंह घर के बाहर मचान में बैठे थे। अचानक फोन बजा उधर से आवाज सुनते ही समशेर सिंह अवाक रह गये...मुह से बस क्या...कहां...अभी कहां है...फोन जमीन में गिर गया... भागे भागे अंदर दौडे अपनी धर्मपत्नी को आवाज लागाते ही विनीत का एक्सीडेन्ट हो गया है ।

घर की औरतें विलाप करने लगी, समशेर सिंह घर की किसी भी औरत को अस्पताल नहीं ले गये ,परिवार में और जो पुरुष सदस्य थे उनके साथ अस्पताल की ओर भागे ।

49.

आपरेशन थियेटर के बाहर विनीत के साथ काम करने वाले कई और लोग खडे थे। समशेर सिंह एक साथ कई सवाल पूंछ डाले....

वे लोग आपस में बात कर ही रहे थे कि विनित के फोन पे किसी का फोन आया, बिना कुछ बोले गाडी उठाई जैसे ही 100 मीटर की दूरी मे पहुंचे होगे...एक लोडेड ट्रक लहराते हुए उनके उपर से गुजर गया...

समशेर सिंह अचेत बाहर ही बैठे रहे, कुछ देर बाद आपरेशन थियेटर से डॉक्टर बाहर आये सीधे दो टूक शब्दों में जवाब दे दिया- पासिबल ही नहीं था बचना... बॉडी पूरी डैमेज हो चुकी थी।

इतना सुनते ही समशेर सिंह सुन्न पड गये... उनके पैरों तले से जमीन ही खिसक गई, लाश का पोस्टमार्टम हुआ, बॉडी को हास्पिटल से घर ले आया गया... विशंभर नाथ को भी सूचना पहुंचाई गई।

50.

लाश को देख कर घरवाले दहाडे मार कर चीखने चिल्लाने लगे, भारती तो पहले से ही अचेत पडी थी, घरवालों ने सोचा लाश को समशान में लेजाने से पहले भारती को बॉडी दिखा दें लेकिन किसी ही हिम्मत ना हुई, रमेश को ही जाना पडा ।

भारती अपने रूम में फर्स पर पडी थी, रमेश अपने आंसू पोछते भारती को अपने दोनों हाथों से उठाते हुए- भारती.....भारती...किसी अपने का स्पर्श पाते ही उसके शरीर मे जैसे जान आगई हो मूर्छा टूटी अचानक ही ऊर्जा का संचार होने लगा। रमेश से लिपट कर दहाडे मार कर रोने लगी... रमेश ...चलो... भारती बिलखते हुए ...मै ना जाउंगी कहीं ...वो आते होंगे काम से जब भी लौटते हैं सीधे अपने रूम ही आते ।

रमेश दिल को पत्थर करते हुए, मालुम था, सब अंदर से टूट के बिखर गये है अगर उसने भी हौसला खोदिया तो संभालना बडा मुश्किल हो जायेगा- वो बाहर ही तुम्हारा इंतेजार कर रहे हैं।

भारती रमेश को आंखे फाड कर देखते हुए- सच कह रहा है ना तू... तू मसखरा बहुत है, झूंठ भी बोलता है, हर समय मजाक मत किया कर... सच में बाहर मुझे बुला रहे हैं ?

रमेश - हां भारती सच में।

भारती बाहर की तरफ भागी, लोगों का हुजूम, सफेद चादर में लाश लिपटी पडी थी, कई जिन्दा लाशे जिनमे रूह तो थी, जिन्दा होने का अहसास नहीं था, हवा के झोंके कि तरह भारती ने कफन को दूर फेंक दिया...

जिस्म को पहचान पाना भी भारती के लिए मुस्किल था, उसकी आंखों से धीरे-धीरे रोशनी जाती रही, रूह की तडप ने जिस्म को जकझोर के रख दिया...

अंदर जैसे एक बवंडर सा उठा, ना जमीन ना आसमान...सून्य अनन्त में किसी ने फेंक दिया हो जैसे...आंखे खुली रहीं...

आसमान को देखते हुए चित गिर गई।

51.

इस घटना से रमेश अंदर से टूट गया, विशंभर नाथ से तो बोलना ही छोंड दिया, उनको देखत ही नजरें चुराकर निकल जाता, विशंभर नाथ के जहन में ये बात घर कर गई, उस गरीब आत्मा का श्राप लगा।

रमेश निराशा के भाव में इस कदर फसा की जो उसने सपनों में भी नहीं सोचा था, ऐसा कदम उठा लिया, एक दिन चमेली के आशियाने में जा पहुंचा।

चमेली की बांहे ही खुल गई... आओ राजा कहा था ना एक दिन जरूर आओगे, लेकिन बुझे बुझे दिख रहे हो। रमेश कुछ नहीं बोला ।

चमेली - तुम्हारी बातें तुम जानों, राजी खुशी तो कोई मेरे पास आता नहीं। हांथ पकड कर ले जाते हुए, रूम का दरवाजा अंदर से बंद कर दिया।

चिन्ता मत करो राजा हर मर्ज की दवा है चमेली के पास।

लाइट बंद ...अंधे कुएं मे हवस का घोडा दौडने लगा.... मंजिल में पहुंच कर ही रूका।

ये खेल अब रोज की आदत बन गई थी, शाम होते ही जो पैसे काउंटर में रखे रहते रमेश पूरा निकाल के कुछ शराब में बांकी जो बचता चमेली को दे देता। रूपा अगर आते जाते दिख जाती तो मुंह फेर लेता।

एक दिन रूपा शाप में आती है रमेश नहीं था। आरिफ गाडियों में भिडा था ... रूपा- क्या हो रहा है मैकेनिक?

आरिफ - क्या हो रहा है, करमदंण्ड भोग रहा हूं।

रूपा - दूसरा वाला नहीं दिख रहा है इस समय उसके तेवर ही बदले बदले से लगते हैं ?

आरिफ - गया होगा अपनी पारो के पास ।

रूपा - समझी नहीं...

आरिफ - भाई साहब देवदास बन गये हैं।

रूपा - एक काम बचा था वो भी शुरू कर दिया... नाइस प्रोग्रेस।

52.

एक दिन शाम को रमेश काउंटर से जैसे ही पैसा निकालने लगा आरिफ- भाई तू ये ठीक नहीं कर रहा, जो भी है सब तेरा ही है पर तुझे इस तरह बरबाद होते हुए मै नहीं देख सकता, छोंड दे उसे ।

रमेश - तेरे मुंह से ये बातें अच्छी नहीं लगती, लेकर कौन गया था रास्ता तो तुम्ही ने दिखाया था।

आरिफ - लेकिन तुमने मना कर दिया था...बुरा वक्त सबकी जिन्दगी में आता है मतलब ये नहीं की हम गलत रास्ते पे चलने लगे।

रमेश - वाह रे वक्त तुमने क्या करवट बदली है... अब कोई अपना ना रहा, जिसपे सबसे ज्यादा भरोसा था आज उसने भी जवाब दे दिया।

आरिफ - ठीक है मै तेरा दुश्मन ही सही लेकिन जब तक जिन्दा हूँ तेरे साथ हूँ एक तो चला गया ...तुझे यों बर्बाद न होने दूँगा।

53.

अकेले पीने में किसको मजा आता है चार दोस्त और ढूढ़ लिए रोज महफ़िल सराब के अड्डे में लगने लगी सराब और चमेली के हुस्सन के सबाब में रमेश ने एक नई रह पकड़ली ।

एक रात अपने शराबी दोस्तों के साथ बैठा पी रहा था, गले तक सभी ने पी ।

रमेश- दुनिया में हर कोई किसी ना किसी गम का मारा... गम रहा इस बोतल से हारा, साली ने जिन्दगी तबाह कर दी बरबाद कर दी लाल आंखे दिल में सैलाब उखड़ती आवाज,जो जो बुरा हो सकता है सब कुछ तो कर दिया... उठते हुए अब बचा क्या ... चलता हूं मित्रों...

चमेली इंतजार कर रही होगी। एक ने हाथ खींच कर बैठाते हुए " अरे बैठ चमेली इंतजार कर रही होगी, उस लौंडिया ने ठीक नहीं किया, एक दूसरा, क्या बोलता है, गेम प्लान कर दें ? रमेश- कैसी बाते करता है ?

एक और सर्वेश का खास आदमी उसका काम इधर की बात उधर करना नाम भी उसके काम के हिसाब से लोगो ने रखा था लबरा रमेश को बर्बाद करने में कोई कोरी कसार नहीं छोड़ना चाहता था।

उसने रमेश को खूब बहलाया फुसलाया ,रूप के खिलाफ उसके दिल में नफरत भर दी ,कई झूठे आरोप लगाए ,कभी इसके साथ ,कभी उसके साथ घूमते ,बहो में बाह डेल घूमते देखा।

रमेश, ने भी मन ही मन फैसला कर लिया- उसका घमंड तोडना भी जरूरी है ।

रमेश का एक हितैसी दोस्त जो चुनाव प्रचार प्रसार के समय बहुत साथ दिया था ,जब भी रमेश जो कहता तैयार हो जाता,उसने रमेश को समझाया - छोंड भी औरत का नशा भी शराब की तरह चढता है उतर जाता है।

लबरा - इश्क़ छुपाये नहीं छिपता दोस्त , ये इश्क़ ही है जो तुम्हे यहाँ खींच लाया ,

मर्द हो यार क्या डरते हो उसको उसकी औकात आज दिखा ही दो।

रमेश - ऐसा क्या तो फिर चलो।

54.

रमेश अपने दोस्तों के साथ हास्पिटल पहुंच गया रूपा मरीजो का चेकअप कर रही थी बिजी देख कर रमेश वार्ड के बाहर रूक गया ।

लबरा - क्या तू भी , अभी तो बडी-बडी बातें कर रहा था।

रमेश - बाहर तो आये, एक दोस्त ने धक्का देते हुए अंदर की तरफ जा मेरे शेर।

रमेश, रूपा से- तुम से कुछ बात करनी है।

रूपा - मुझे कोई बात नहीं करनी, गेट लास्ट ।

रमेश गुस्से से -तेरे जैसी बड़ी लौंडिया देखी लेकिन मुझे तुझसे मोहब्बत थी लेकिन अब नहीं है।

रूपा ने कुछ नहीं बोला । रमेश - तुम्हे अपनी खूबसूरती का घमंड है ,पैसों का घमंड है ?

रूपा आंखे लाल करती हुई जोर से - हां है तो ...तुम्हे क्या यहां से सीधे चले जाओ।

रमेश - कान खोल कर सुनले मुझे अपने बाप की भी परवा नहीं,

तेरे बाप की इज्जत करता हूँ नहीं तो ?

रूपा नजरे तरेरते हुए - नहीं तो, आगे बोलो ?

बांकी स्टाफ मेम्बर और लोगो की भीड लग गई एक सीनियर आते हुए... वाट प्रब्लम रूपा ?

रूपा - मुझे नहीं पता ये शराबी कौन है मुझे परेशान कर रहा है।

सीनियर- रमेश पर चिल्लाते हुए प्यून की तरफ इशारा करते हुए ...बाहर करो इसे।

रमेश सीनियर का कॉलर पकडते हुए- इज्जतदार तुम हो तो बेगैरत हम भी नहीं...शराबियों की भी कोई इज्जत होती है।

सीनियर चिल्लाते हए - अभी पुलिस को बुलाता हूँ... नंबर घूमते हुए,

रूपा - पुलिस के डंडे पडेंगे तो सारी शराब उतर जायेगी।

रमेश रूपा की तरफ घूरते हुए खींच कर एक थप्पड उस के सीनियर के कान में जड दिया, उस का कान सुन्न पड गया।

रमेश, अपने साथियो से वहां से चलने को कहता है- चलो रे बुलाओ पुलिस।

55.

रमेश और उसके साथी आपस में बात करते हुए चले जा रहे थे की इतने में पुलिस ने सभी को गाडी में बैठाकर थाने ले गई । जैसे ही थानेदार के सामने पहुंचे कांस्टेबल- ये जीजिये साहब... पकड़ लाया चिड़ीमारों को ।

थानेदार - रमेश सिंह बडे चर्चे सुने है, बाप इज्जतदार बेटा सडक छाप, लौंडियाबाजी काहे करते हो भाई ...जवानी को कण्ट्रोल रखो।

कांस्टेबल, अपनी बत्तीसी दिखाते हुए - कण्ट्रोल में होगई तो फिर कहे की जवानी, इस उमर में फिर क्या हम करेंगे ?

थानेदार -हाँथ भी मारा तो कहाँ मारा।

कांस्टेबल - हां साहब वो भी नारायण सिंह की बेटी से... सारी धारा इसी पे ठोंक देंगे ।

इतने में आरिफ आ गया, जनाब गलती हो गई... अभी नया खून है ...हो जाती है गलती।

थानेदार - और तू इनका दादा जी ?

आरिफ - दोस्त समझिये भाई समझिये गुजारिश है छोड़ दीजिये।

थानेदार - तू यहाँ का कलेक्टर है जो तेरा कहाँ मानू ?

आरिफ - फरियाद है साहब रमेश की तरफ देखते हुए - कील को क्या दोष दूँ ...अपना ही टायर लोकल निकला।

कांस्टेबल - साहब इसको भी बंद करू , बहुत होसियारी पेल रहा ?

थानेदार -जो कहना है नारायण सिंह से कहना इस मैटर में मै कुछ भी नहीं कर सकता।

कांस्टेबल - दूसरे का मैटर होता तो सैटलमेंट कर भी देता।

आरिफ, रमेश से मुखातिब होते हुए - टेन्सन मत ले, आने ही वाले होगे।

नारायण सिंह जैसे ही अंदर आये थानेदार खडे होकर -आइये सर कहिये इनका क्या करें ?

नारायण सिंह - बच्चे हैं गलती होगई, छोंड दीजिए।

मामला वहीं रफा दफा कर दिया, बाहर आते हुए रमेश से -मुझे तुमसे अकेले में बात करनी है।

रमेश सर झुकाकर सर्मिंदगी से- सॉरी अंकल ।

नारायण सिंह - हर प्राब्लम का साल्यूसन होता है लेकिन उसका ये तरीका नहीं। इन लफंगो के साथ शराब पी कर घूमते हो, दोबारा शिकायत ना मिले, समझदार हो मालूम है निराश नहीं करोगे, इतना कह कर चले गये।

उस दिन के बाद रमेश ने शराब पीना छोड दिया , रूपा को आते जाते देखता तो नजरें फेर लेता।

56.

रूपा के बर्थडे का दिन था नारायण सिंह के घर पार्टी थी रूपा ने तो नहीं बुलाया, लेकिन नारायण सिंह ने फोन कर आने के लिए कहा।

रमेश, आरिफ के साथ शाम को पहुंच गया पार्टी में भव्यता के सारे इंतेजाम थे, बडे बडे लोगों का जमावडा था, रमेश की निगाहें उस भीड में रूपा को ढूंढ रहीं थी।

रूपा अपनी फ्रेन्डस के साथ महरून रंग के लंहगे चुनरी में उसकी सुंदरता उस दिन देखते ही बन रही थी।

रमेश की नजरे ठहर गई, रूपा बात करते करते जैसे ही निगाहें रमेश की तरफ पडी नजरअंदाज करते हुए अपना मुंह फेर लिया आरिफ आंगे बढ कर- हैप्पी बर्थडे रूपा जी।

रूपा - थैंक्यू ...जैसे ही एक शेर पढने लगा- ए काश...

रूपा बस बस कोई जरूरत नहीं ...रमेश बुके देते हुए - विश यू वेरी हैप्पी बर्थडे, रूपा ने बुके लेकर एक साइड में रख दिया लेकिन कोई जवाब नहीं दिया दूसरी तरफ चली गई।

रमेश को बुरा लगा आरिफ से- चल भाई चलते हैं।

आरिफ- बुफर चालू है खाना खाते हैं फिर चलते हैं...

रमेश चिढ़ते हुए आंख दिखता है...

आरिफ-दुनिया मे सबसे दुश्मनी करो लेकिन खाने के साथ नहीं।

रमेश, आरिफ की ओर घूरते हुए - बेवकूफ हो क्या, देख नहीं रहे...अपनी बेज्जती करवाने थोडी ही ना आये है।

आरिफ - इतनी भीड में कौन किसे देख रहा है खाना खाते हैं निकलते हैं।

रमेश - मर भूंखे तू मर यहीं मै चला।

आरिफ- गजब आदमी है तू भी चल अच्छा लेकिन होटल में ही खाएंगे ?

रमेश -पियेगे भी।

इतने में रूपा का सीनियर अमित हॉस्पिटल में जिसे रमेश ने थप्पड़ जड़ा था ।

अमित - तू वही है ना शराबी...यहां क्या कर रहा है ?

रमेश -गलत जगह पर गलत बात कर दी ।

अमित - तुम जैसों के मुंह कौन लगता है।

रमेश - चिंता मत कर इस बार दूसरी साइड।

अमित -खैरत खाने आया है क्या ...खा और चुप चाप निकल ले।

रमेश अपने दांत पीसते हुए - यहां नहीं कही और होता तो ।

आरिफ रमेश को समझाते हुए - यहां रूकना अब ठीक नहीं है हम इससे बाद में निपट लेंगे ।

इतने मे रूपा आते हुए - वाट हैपेन्ड ?

विनीत - तुम इसे जानती हो ...और बताया भी नहीं।

रूपा - मेरे पापा ने बुलाया है सॉरी फार दिस, आप चलिए ।

रमेश को घूरते हुए - यूज़लेस् फेलो ।

रमेश दोनों को जाते हुए घूरता रहगया।

57.

आरिफ और रमेश वहां से निकल कर सीधे वाइन शॉप पंहुचा, टेबल पर बैठ कर रमेश गुस्से में अभी भी था, पैग पे पैग बना कर पीने लगा ।

आरिफ - बस कर भाई एक लडकी के लिए जान थोडी ना देनी है,भूल जा उसे।

रमेश - बडी जालिम वफा है, हर किसी को समझ आती नहीं

मुझे तो लगता है उस डॉक्टर से सेट हो गई है।

आरिफ पूरी तरह से नशे में झूमते हुए-

"बेवफाई का गम कब तक सहेंगे,

चलो ये ना सही किसी और से मोहब्बत करेंगे।"

मुझे भी लगता है मेरी मोहब्बत का यही अंजाम होगा।

रमेश एक घुट में पूरा पैग पीते हुए- चमेली जिन्दाबाद , उसका दिल बहुत बडा है।

आरिफ - वो तो संमंदर है...दोनों जोर-जोर से हंसले लगे।

58.

मौलवी जी का केस नारायण सिंह ने ले लिया, कोर्ट की पहली ही सुनवायी मे, अपनी दलीलों से मौलवी जी को बेल दिलवा दी।

रमेश फिर से अपने पुराने ढर्र पे लौट गया रूपा अगर कही दिख भी गई तो नजरंदाज कर देता।

सर्वेस मामला हांथ से जाता देख नारायण सिंह को सबक सिखाने की योजना बनाई।

एक दिन रूपा हास्पिटल से लौट रही थी, सर्वेस पहले से ही घात लगाकर बैठा था, रूपा का रास्ता रोंक लिया।

सर्वेस - कहां जा रही हो उस दिन तो अच्छे से इन्ट्रोडक्सन भी नहीं हो पाया था रूपा के जिस्म को कामुकता से घूरते हुए ...आज तो देती जाओ ?

रूपा - हटो मेरे रास्ते से... अपनी स्कूटी जैसे ही स्टार्ट करने लगी सर्वेस ने रूपा का हांथ पकड लिया।

सर्वेस - गाल गुलाबी, होट रसीले, मस्त-मस्त तेरे नैन, तुमने लूट लिया हाय मेरा सुख चैन। एक बार हा करदो... वो मजा दूंगा कि बार-बार मेरे पास ही...रूपा गाल मे जैसे ही थप्पड मारने के लिए हाथ उठती है...सर्वेस ने कस कर पकड लिया, दुपट्टा खींचते हुए अपने आगोस में ले लिया, पूरे बदन में किस करने लगा।

रूपा जैसे ही चीखने चिल्लाने को हुई सर्वेस ने रूपा का मुंह बंद कर करते हुए - छमिया मुझे ना तेरा रेप नहीं करना, मुझे तो तेरे बाप और तेरे मजनू से बदला लेना है।

गर्दन मरोडते हुए-तुझे दर्द होगा तो उन्हे भी दर्द होगा,

जब दर्द होगा तो सिकार करने में मजा आएगा, जा जाकर बोल देना अब खुली जंग होगी।

रूपा वहां से अस्त-व्यस्त हालत में रोते हुए स्कूटी लेकर घर की ओर चली, रमेश के गैराज के पास से जैसे ही गुजरने लगी, रमेश की नजर रूपा पर पडी, रूपा के बाल बिखरे हुए, कपडे फटे हुए, बदन पे दुपट्टा नहीं रमेश समझ गया मामला जरूर कुछ गडबड है।

59.

रमेश नारायण सिंह के घर पहुंच गया, रूपा रोये जा रही थी, कुछ बोल नहीं रही थी ।

नारायण सिंह और निर्मला देवी- क्या हुआ कौन किया कुछ तो बोलो ?

रूपा चिल्लाते हुए - ये सब उस मवाली की वजह से हुआ है।

नारायण सिंह - कौन है वो नाम तो बताओ, किसकी इतनी हिम्मत कि मेरी बेटी को हांथ भी लगा दे ?

रूपा - सर्वेस नाम बता रहा था, उसी ने मेरे कपडे फाडे मुझे किस भी किया।

नारायण सिंह आगबबूला होते हुए-आज उसकी खैर नहीं।

इतने में रमेश आ जाता है- अंकल रूपा ठीक तो है ?

रूपा चिल्लाते हुए - ठीक रहूंगी जब तुम हमारे परिवार से दूर रहोगे, मनहूस कहीं के किसने बुलाया तुम्हे जाओ यहां से ?

रमेश - चला जाउंगा मेरी वजह से अब कोई प्राब्लम नहीं होगी लेकिन इस प्राब्लम को निपटा कर जाउंगा।

नरायण सिंह - पुलिस को फोन लगाने लगे।

रमेश - रूक जाइये अंकल, खांमखा बदनामी होगी,एफआईआर डालना सही नहीं होगा, मै अपने तरीके से निपट लूंगा।

नरायणसिंह - अपना तरीका क्या...मारपीट करोगे, ऐसा बिल्कुल नहीं करना, उसे तो हवालात की हवा खिलवाउंगा।

रमेश - उमर कैद तो होगी नहीं कुछ दिन जेल मे रहेगा फिर छूट जायेगा, फिर क्या, इज्जत वापस थोडे ही आयेगी, उसे उसी की भाषा में समझाना पडेगा, ये कह कर वहां से चला आया।

60.

गराज मे अरिफ को सरी बात बताई आरिफ को गाडी में बिठाया और सर्वेस के घर की तरफ निकल गये।

सर्वेस घर के बाहर ही हाट में एक पान की दुकान पर पान खाते हुए मिल गया।

रमेश गाडी रोंक कर आव देखा ना ताव कस कर एक लात मारी सर्वेस दूर जा गिरा ।

सर्वेस ने अपना देशी कट्टा निकाल कर फायरिंग की निशाना चूक गया , गोली कान के बगल से निकल गई, इतने में रमेश ने पेट में दूसरा मुक्का मारा, सर्वेस के हांथ से कट्टा दूर जा गिरा, दोनो के बीच हांथा-पाई चल ही रही थी कि सर्वेस ने रमेश पर चाकू से वार कर दिया।

चाकू रमेश के पेट में जा घुसा, रमेश जितनी देर में सम्भलता सर्वेस वहां से भाग गया, आरिफ ने सर्वेस के पीछे कुछ दूरा तक भागा लेकिन उसे पकड ना सका।

रमेश को खून से लथपथ देख अपना शर्ट उतार कर उसके पेट में जकड कर बांध दिया जिसे कुछ तो खून का रिसाव कम हो, रमेश को तुरंत हास्पिटल लेकर भागा ।

हास्पिटल में एडमिट करने के बाद रमेश के पिता जी और नरायण सिंह को पूरी बात बताई, रमेश का इलाज चल ही रहा था कि विशंभर नाथ हंफते हुए हास्पिटल पहुचें।

क्या हुआ, कैसे हुआ, एक साथ सवाल दागने लगे।

आरिफ - आप घबराइये नहीं ज्यादा खून नहीं बहने पाया है, सब ठीक हो जायेगा।

विशंभर नाथ - सब ठीक हो जायेगा, जब तक तुम उसकी जिंदगी में ग्रहण हो तब तक कुछ ठीक नहीं होगा, ये सब तुम्हारे कारण हुआ है।

आरिफ के आखों में आंसू निकलने लगे, हां अंकल आप सही कहते हैं ये सब मेरी वजह से हुआ है, इन सब का जिम्मेदार मै हूं।

विशंभर नाथ - मेरे बेटे को कुछ हुआ तो मै तुम्हे छोंड़ूगा नहीं।

विश्वंभरनाथ आरिफ के उपर तीखे शब्दों की बारिस कर ही रहे थे कि नारायण सिंह आ गये।

क्या हुआ क्यों चिल्ला रहे हैं, ये वक्त संयम से काम लेने का है, ईश्वर ने चाहा तो सब ठीक होगा। डॉक्टर क्या बोल रहे है ?

आरिफ रोते हुए- कहां बोला कुछ, अभी तक कुछ बोला ही नही, मै इनकी बातों से थोडे ही ना रो रहा हूं।

डॉक्टर ऑपरेशन थियेटर से बाहर निकल कर-

चिन्ता की कोई बात नहीं जख्म ज्यादा गहरा नही है वो तो अच्छा हुआ किडनी से थोडा सा उपर लगा नहीं तो मुस्किल हो सकती थी।

रमेश के होश में आने के इंतजार में बाहर ही तीनों लोग बेचैन चक्कर काट रहे थे। रूपा भी आ पहुंची, अपने आंसुओं को छुपाते हुए- पापा रमेश अब कैसा है, ज्यादा चोंट तो नहीं आई ?

नरायण सिंह -चिन्ता की बात नहीं सब ठीक है।

रमेश को दो-तीन घंण्टे बाद होस आया, आई सी यू से नार्मल वार्ड में शिफ्ट किया गया, रमेश ने सभी के पीछे रूपा का चेहरा देखा रमेश के चेहरे में मुस्कान आगई डाक्टर ने ज्यादा बोलने को मना किया था फिर भी सब की बाते सुन रहा था, जब सब जाने लगे, रमेश ने रूपा की तरफ रूकने का इशारा किया।

रूपा रोती हुई -तुम एक बार ठीक हो जाओ फिर तुम्हे बताती हूं मवाली कहीं के, जब पापा ने मना किया था तो क्यूं गये थे।

रमेश - धीरे से सॉरी बोलत हुए ।

रूपा - मुझे तुम्हारी कोई बात नहीं सुननी । इतना कह कर वहां से रोती हुई बाहर आ गई।

रमेश का हफ्तों इलाज चला, रमेश की देख रेख, मरहम पट्टी रूपा ही करती थी, रात-दिन वहीं पर रहती। विशंभर नाथ भी निश्चिंत थे उनकी होने वाली बहू देख रेख कर रही थी।

15 दिन बाद हास्पिटल से रमेश को डिस्चार्ज कर दिया गया, उधर सर्वेस के खिलाफ वारंट कटा था उसका कहीं पता नहीं था फरार हो गया पुलिस तफ्तीस में थी। उधर रूपा और रमेश का प्यार परवान चढने लगा था ।

61.

रमेश का प्यार तो मुकम्मल हो गया था लेकिन आरिफ की प्रेम नैया मजधार में ही फसी थी, मौलवी जी न हां करते और ना ही ना, बस यही कहते अभी समय है, इतनी जल्दी क्या है।

आरिफ को लगा मौलवी जी की बातों का क्या भरोसा इधर केस का निबटारा हो उधर मौलवी जी मेरी मोहब्बत का निपटारा कर दें ।

आरिफ ने सोचख क्यूं ना आशिमा से ही बात करू मिंया-बीबी राजी तो क्या करेगा मौलवी।

एक दिन आशिमा कालेज जाती हुई दिख गई आरिफ ने आशिमा को रूकने के लिए हांथ से लाइट जलने-बुझने का इसारा किया, आशिमा ने अपनी स्कूटी नहीं रोंकी आंगे लिकल गई ।

आरिफ निराश मन से -चलती तो ऐसे है जैसे हवाई जहाज चला रही हो पता नहीं मेरे दिल में कब लैंड करेगी।

कुछ ही देर मे आशिमा वापस लौटी- तुमने अभी क्या इशारा किया?

आरिफ- मैने, मैने... तो कुछ नहीं किया।

आशिमा एक थप्पड लगाते हुए- अब याद आया कुछ।

आरिफ - तुम्हारी स्कूटी की हेड लाइट जल रही थी इसके लिए इसारा किया था।

आशिमा - अब इस थप्पड से तुम्हारी भी हेड लाइट जल गई होगी।

आरिफ - आशिमा मेरी हेड लाईट, ट्यूब लाइट सब तुम ही हो, मेरे दिल के वायर से अपने दिल का वायर कनेक्ट कर लो?

आशिमा हंसते हुए- तुम्हारी लाइट जलेगी मेरा कॉलेज खत्म होने के बाद इतना कह कर जाने लगी।

आरिफ खुशी से झूम उठा-

" इजहारे मोहब्बत वो कुद कुछ इस तरह कर गये,
हमें पता भी भी ना लगा और वो हां कह गये।"

62.

सर्वेस के इशारे पर एक दिन मुन्ना अपने कुछ साथियों के साथ चमेली के कोठे पर जा पहुंचा...क्यूं रे चमेली तेरा वो नया आशिक अब नहीं आता ?

चमेली - मेरी तो दुनिया दीवानी है राजा तू किसी बात कर रहा है ?

मुन्ना - वो रमेंश...

चमेली - अच्छा वो चिकना ...वो तो मक्खन है... उसकी मलाई में जो स्वाद है वो कहीं और नहीं।

मुन्ना - तूने असली मलाई अभी कहां ख़ाई...अब तो नहीं आता होगा, छमिया सेट कर ली तुझे किनारे कर दिया?

मुन्ना अपने साथियों को इशारा करते हुए - जाओ रे तुम लोग इसे मलाई खिला कर आता हूं।

चमेली, मुन्ना को रूम के अंदर लेकर गई।

मुन्ना जेब से बोतल निकालकर- रूक जा दो पैग मार लूं तभी ना मलाई निकलेगी।

चमेली - लगता है तू असली वाला मर्द नहीं है।

मुन्ना- सबर रख इंतजार का फल मलाई ही मलाई ।

चमेली के उपर लेटते हुए चमेली - अच्छा ये बता तू उस चिकने को क्यूं ढूंढ रहा है, वो तो बडा सीधा लडका है।

मुन्ना- वो साला बडा हरामी है, उसकी बहन को विधवा कर दिया अब उसकी बारी है, उसकी बहन भी कमसिन हसीना है उसको टपका के उसकी बहन से ब्याह रचाउंगा, नहीं जिन्दगी भर तेरे गंदे नाले में ही डुबकी लगानी पडेगी... तू चाहे तो तेरी भी जिंदगी बदल जाये नहीं तो जिंदगी भर यही करेगी।

चमेली - तो तू चाहता है मै उसे टपका दूं और जेल चली जाउं ?

मुन्ना - तू बात तो सुनती नहीं तू बस उसे ये नशे की गोली दे दे... आगे मामला मै संभाल लूंगा, सांप भी मर जायेगा और लाठी भी नहीं टूटेगी।

मुन्ना अपनी हवस पूरी करके निकल गया लेकिन चमेली के दिल मे रमेश के लिए जगह थी, ये दरिंदे उसको निगल जायेगे उससे पहले ही कुछ करना पडेगा।

63.

चमेली,आरिफ का पता लगाते हुए उसके शाप जा पहुंची, आरिफ अपने काम में भिडा हुआ था। चमेली को देख कर आरिफ चौक जाता है-

तुझे यहां भी बुलाने लगा... चमेली - मैं कुछ समझी नहीं खैर छोंड वो चिकना कहां है कुछ जरूरी बात बतानी है।

आरिफ - मुझे बता दे बात एक ही है।

रमेश अंदर से निकलते हुए- कौन सी बात ?

चमेली ने सब कुछ बता कर चली गई।

आरिफ और रमेश गुस्से से आगबबूला... आरिफ अब क्या करें ?

रमेश - चल उठा गाडी मुझे पता है वो हरामी कहां मिलेगा।

मुन्ना एक सुनसान पुलिया पे अपने कुछ साथियों के साथ शराब पी रहा था रमेश और आरिफ को देखते ही उनके होश फक्ता हो गये। आरिफ के हांथ में बेसबॉल थी जितने भी उसके साथी थे सबकी जमकर धुलाई की सब के सब भाग गये। रमेश ने मुन्ना के पेट में जोर से एक लात मारी वो दूर जा गिरा- अब बता सब कुछ सच-सच...बताया तो छोड दूंगा ?

मुन्ना उठते हुए - क्या बताउं रोने का नाटक करते हुए गरीब आदमी हूं, शरीर से भी देख ही रहे हो, शराब पी पी कर कितना कमजोर हो गया हूं।

आरिफ ने एक बेसबॉल जबडे में धर दिया - अब तू बक दे नहीं तो इस नाले में ... मार के फेंक दूंगा।

मुन्ना ने डर के मारे सब कुछ उगल दिया।

उस दिन मै तुम्हारे जीजा से मिला था झूंठ में ही सर्वेश के कहने पर एक रोड के इंस्पेक्शन के सिलसिले में बात की फिर उसके बाद मैने अपने फोन से सर्वेस से बात करवाई उसने क्या बात की... नहीं पता आंगे सच कहता हूं मुझे नहीं पता उसने मुझे कुछ भी नही बताया। उसने मुझे जितना कहा मैने कर दिया।

रमेंश ने ये बात नारायण सिंह को बताई, नारायण सिंह ने उसे लेकर थाने में आने के लिए बोला वो भी पहुंचे, मुन्ना का बयान दर्ज कर पोलिस ने उसे कस्टडी में डाल दिया।

64.

पुलिस सर्वेस की खोज जोरो से कर रही थी लेकिन उसका पता कहीं से कही तक ना चल पा रहा था ।

अपने स्तर पर रमेश भी इधर-उधर से सुराग ढूंढ रहा था, कहीं से उसका पता चले, रमेश को पता था सर्वेस एक जहरीला सांप है, उसे जिन्दा छोंडना वाजिब नहीं होगा, वो फिर से डसेगा।

रमेश ने सर्वेास के पिता जी और चाचा के बीच आपसी जमीन का विवाद चल रहा था जो कोर्ट तक भी पहुंच चुका था, रमेश ने उसके चाचा से घनिष्ठता बढाई।

किसी भी तरह उसका पता लग जाये, एक दिन उन्हे पता चला वो यू.पी. के इलाहाबाद में कहीं छिपा बैठा है, अननोन नंबरों से कभी-कभी घर पे फोन किया करता है।

शाम का वक्त था रमेश के गैराज के नजदीक पान की गोमती में एक गाडी कई घंटो से खडी थी, दो आदमी भी साथ में थे ।

बार-बार उनकी नजर रमेश के गैराज की तरफ ही थी। रमेश को सक तो हुआ कुछ गडबड है लेकिन गाडी के नेमप्लेट में यूपी देखकर शक पुख्ता हो गया।

रमेश और आरिफ एक ही गाडी से शाम को घर जाते थे, रमेश ने अपनी गाडी में अपने दो आदमियों को अरिफ और अपने कपडे पहना कर घर की तरफ वाली रोड से ना जाकर, हाइवे के रास्ते से रवाना कर दिया।

गाडी को जाते देख पान की गोमती मे खडे दोनो लोग हरकत में आये फोन किया और रमेश की गाडी का पीछा करने लगे उनको जाते देख रमेश और आरिफ एक फोर व्हीलर से उनके पीछे हो गये।

महज कुछ ही किलोमीटर के फासले में रमेश की दो पहिया गाडी के पीछे एक गाडी और पीछा करने लगी, रमेश भांप गया ये सर्वेस ही है, रमेश ने अपनी गाडी की स्पीड बढा दी सर्वेस जैसे ही अपना कट्टा निकाल कर मारने को हुआ, रमेश ने अपनी फोरव्हीलर से उसकी बाइक में जोरदार टक्कर मारी, बाइक के साथ सर्वेस दूर जा गिरा।

सर्वेस दर्द से कराह उठा, उसके साथ वाले गुंडे भाग गये। सर्वेस को उठा कर अपनी गाडी में बिठा लिया और अपने बांकी साथियों को रवाना कर दिया।

सर्वेस गिडगिडाने लगा, छोंड दो मुझे गलती हो गई , हम दोनो में दुश्मनी है तो क्या हुआ ...ये नीच हरकत नहीं कर सकता...तुम्हारी बहन मेरी बहन एक बार माफ कर दो...तुम्हारी तरफ आंख उठा कर भी नहीं देखूंगा।

आरिफ - डायलाग कुछ जम नहीं रहा कोई फिल्म का डायलाग याद नहीं आ रहा। तुम्हारा वो वाला डायलाग मुझे आज भी याद है- हांथ में बंदूक लेकर हम मुह से बात नहीं करते।

सर्वेस - कोई डायलाग नहं मारूंगा आरिफ भाई, तुम तो समझदार इंसान हो समझाओ इसे ?

आरिफ - मै तो बिल्कुल नहीं अब तुम भी अपने पिता जी से समझना गला पकडते हुए- तेरे बाप को हमने ही गोली मरवाई थी। किसी को पता भी ना चला तुझे भी ऐसी जगह दफन करेंगे कि तेरी लाश ना मिलेगी तू तो वैसे भी भगोडा है।

रमेश ने एक खाई के पास जा कर गाडी रोक दी जिसके नीचे एक गहरा कुंड था, जहाँ लोग पिकनिक मनाने आते थे, कई लोग फिसल कर

उस कुंड में गिर गये लेकिन उनकी लाश कभी बाहर नहीं आयी बहोत ही गहरा था।

रमेश - मरते हुए आदमी से ज्यादा बात नहीं करते, धकेलते हुए जो वादा किया था पूरा किया, खाई में धकेल दिया ।श्रदांजलि स्वरुप दोनों ने बस इतना ही कहा

"अलविदा "

आशा करता हूँ ,ये उपन्यास आप को बहुत पसंद आई होगी ,इस उपन्यस के सन्दर्भ में आप अपनी राय प्रतिक्रिया जरूर दे ,रिव्यु सेक्शन पे जाकर या आप सीधा मुझे मेरे ऑफिसियल वेब पेज पे जाकर संपर्क कर सकते है। इस उपन्यास के अतिरिक्त और और भी कई उपन्यास ,कहानी संग्रह की बुक प्रकाशित है जरूर पढ़े।

~धर्मेंद्र मिश्रा

www.ingramcontent.com/pod-product-compliance
Lightning Source LLC
LaVergne TN
LVHW101947220826
846093LV00006B/138

9798886847062